AF502404

LE MARQVIS RIDICVLE,

OV LA COMTESSE

faite à la haste.

Par Mr SCARRON.

A PARIS,

Chez Antoine de Sommaville, dans la Galerie des Merciers, à l'Escu de France.

M. DC. LVI.

Auec Priuilege du Roy.

A MONSIEVR

L'ABBE'

FOVCQVET.

ONSIEVR,

Vne perſonne, qui vous entendant nommer, demanderoit qui vous ſeriez; paſſeroit bien pour vn Campagnard tres-ignorant des affaires du monde:

ã ij

Vous y estes en telle reputation, qu'en
fin, lors que l'on parlera de vous, on
en viendra à ne dire plus que, MON-
SIEVR L'ABBE', comme on dit auiourd'huy Monsieur le Cardinal, comme
on a dit autrefois du dernier grand Mi-
nistre, & comme on a dit tousiours de
tous ceux, qui se sont rendus importans par leur merite. Ce vous est vne
grand gloire, d'estre à vostre âge, vn des
plus considerables hommes de l'Estat;
mais ne vous est-ce point vne grande
fatigue? Vostre grand credit ne vous ac-
cable t'il point de prieres inciuiles? & ne
vous fait-il point trouuer quelquefois
dans vostre antichambre, vne haye d'im-
portuns, qui vous attendent au passage?
Ie pense mesme que quelqu'vn s'imagi-
nera que c'est ce qui vous a attiré le liure
que ie vous dedie : mais que tous faiseurs
de iugemens temeraires sçachent que i'ay
pris mes seuretez, de ce costé là, & que deuant que de vous destiner vne maniere
de present, qui plaist souuent moins à
celuy qui le reçoit, qu'à celuy qui le

fait; i'ay voulu ſçauoir, ſi vous trouue-
riez bon que ie vous le fiſſe. Vous m'auez
fait dire que vous ne l'auriez pas deſa-
greable : Et en verité, MONSIEVR,
vous ne deuiez pas receuoir moins obli-
geamment, l'enuie que i'ay d'eſtre voſtre
ſeruiteur: mais ce n'eſt pas aſſez que ie le
veuille, il faut que vous le vouliez auſſi;
& apres que vous l'aurez bien voulu, il
faudra peut eſtre encore ſçauoir, ſi ie merite de l'eſtre. Si vous m'en voulez croire,
vous n'y regarderez pas de trop prés, &
vous m'accorderez l'honneur de voſtre
bien veillance, comme a fait Monſieur
le Procureur General voſtre Frere. En
attendant que vous ayez pris voſtre re-
ſolution ſur vne affaire, qui m'eſt auſſi
importante, que ſont importans à l'Eſtat,
les ſeruices que vous luy rendez tous les
iours, ie vous ſupplie de lire ma Co-
medie : c'eſt à mon gré la mieux eſcritte
de toutes celles que i'ay données au Public, depuis que mon malheur m'a reduit
à n'auoir rien de meilleur à faire, & ce
ſera celle qui m'aura le mieux reuſſi, ſi

ã iĳ

elle a voſtre approbation, que ie prefere à
tous les aplaudiſſements des Theatres,
comme ie fais tout ce qui me pourroit
arriuer de plus heureux, à la qualité
de

MONSIEVR.

Voſtre tres-humble
& tres obeïſſant
ſeruiteur.
SCARRON.

Extrait du Priuilege.

PAr Grace & Priuilege du Roy, il
est permis au Sieur PAVL SCAR-
RON, de faire imprimer ses œuures
tant en Profes qu'en Vers, & deffences
à tous autres de les imprimer fans fon
confentement, foubs les peines men-
tionnées aufdites lettres de Priuilege.

Et ledit Sieur Scarron a confenty
qu'Antoine de Sommauille Mar-
chand Libraire à Paris, ioüiffe dudit
Priuilege à l'efgard de fa piece de
Theatre, intitulé le *Marquis Ridicule,*
fuiuant l'accord fait entr'eux.

Acheué d'imprimer le 8. Feurier 1656.

ACTEVRS.

DOM BLAIZE-POL, Marquis de la Victoire.

DOM SANCHE, son frere.

DOM COSME de Vargas.

BLANCHE, fille de D. Cosme.

LIZETTE, suiuante de Blanche.

STEFANIE, Dame Portugaize.

LOVIZE, suiuante de Stefanie.

OLIVARES, Escuyer de Stefanie.

ORDVGNO, Escuyer de Dom Blaize.

MERLIN, valet de Dom Blaize, seruant Dom Sanche.

LE MARQVIS

Ridicule, ou la Comtesse
faicte à la haste.

COMEDIE.

ACTE I.

SCENE PREMIERE.

STEFANIE, LOVIZE.

LOVIZE.

MADAME excuzés-moy, si ie vous inter-
rompʒ;
Mais le Soleil icy donne sur nous à plomb,
Sans parasol, sans mante, au Soleil, à telle heure,

A

Eſtre au cours, c'eſt ioüer à ſe perdre , ou ie meure,
Voulez vous faire icy de l'aſtre radieux,
Et de voſtre bel œil morguer celuy des Cieux?
Sauf l'honneur que ie dois à voſtre noble eſſence,
Ce deſſein Romaneſque a de l'extrauagance.

STEFANIE.

Tu me parles toûjours auecque liberté.

LOVIZE.

Mais Madame apres tout, ie dis la verité;
Car au cours, à midy, que voulez vous donc faire?

STEFANIE.

Ignorant mon deſſein, tu n'as rien qu'à te taire,

LOVIZE.

Au moins m'auoüerez-vous que l'on n'y vient que
  tard,
Et qu'on n'y laiſſe point ſon caroſſe à l'écart.

STEFANIE.

Tay-toy. Ie te diſois tout à l'heure, Louize!
Qu'à moins que d'vn Seigneur, ie ne puis eſtre
  épriſe.
Ie hay le petit noble à l'egal du bourgeois;
L'eſcu ſeul à couronne eſt l'objet de mon choix:
Enfin, nul, quel qu'il ſoit, n'aura ſur moy d'empire,
Si dans ſes qualitez il n'entre du Meſſire.

LOVIZE.

Et Dom Sanche, Madame, eſt-il vn grand Seigneur,
A qui ſi franchement vous donnez voſtre cœur?
Ma foy, d'vn grand Seigneur, il n'a pas l'equipage,
Et ſon train iuſqu'icy, ne peche pas en page.

STEFANIE.

Si tu voyois bien clair, tu connoiſtrois qu'il eſt,
Quoy qu'auec peu de train, autre qu'il ne paroiſt.

LOVIZE.

Et ſur quoy fondez vous pareille coniecture?

STEFANIE.

Sur ce qu'il a l'air grand, & de fort bon augure;
Sur ce qu'en l'approchant mon ame m'aduertit
Qu'il eſt né grand Seigneur; mais qu'il ſe traueſtit,

Ie ne me fuis iamais d'vn Seigneur approché,
Que d'vn inftinct fecret ie n'aye efté touchée:
Mais ie me picque auffi d'eftre de mon cofté,
Le veritable aymant des gens de qualité,
Titre, que ie prefere au beau titre de Royne.

LOVIZE.

Vous eftes Portugaife?

STEFANIE.

Il eft vray, ie fuis vaine.

LOVIZE.

Mais par l'ordre du ciel à qui tout eft fujet,
Si Dom Sanche n'eft pas vn Seigneur contrefait,
Luy ferez vous encor, de l'humeur dont vous eftes,
La mine, & les doux yeux, que par tout vous luy
    faites?

STEFANIE.

Il eft vray que ie dis ce que ie ne fais pas;
Il eft vray qu'à le voir, ie trouue trop d'appas;
Et bien qu'il ne m'ait pas par mon foible attaquée,
Qu'il m'a pourtant vaincuë.

LOVIZE.

Ou du moins detraquée.
Pour moy, fi ie brulois, ie cacherois mon feu,
Ou ie n'en ferois voir que quelquefois vn peu;
Car s'il voit, fin qu'il eft, en pareille matiere,
Que vous en ayez tant, il n'en receura guiere.
Il eft doux, complaifant, fort ciuil, grand flatteur,
Auec ces qualitez, on peut eftre impofteur;
Auec ces qualitez, on trompe dans le monde,
Et fi c'eft là deffus que voftre efprit fe fonde,
Pour croire que le fien vous eft affuietti,
I'ay peur que voftre amour n'en ait le dementi.
Où ie fçay peu de chofe en l'amoureux martire,
Ou c'eft moderement que pour vous il foûpire,
Et ie n'ay pas grand peur que fa famille vn iour,
Vous plaide à fon fujet pour vn meurtre d'amour.
Fuft-il Comte, ou Marquis, eftant ce que vous eftes,
Il feroit pour le moins le chemin que vous faites,

Voſtre rare beauté fait tout pour l'acquerir,
Voit-on ſur voſtre amour, ſon amour encherir?
                STEFANIE.
Ouy, meſme auec exeez.
                    LOVIZE.
                Chacun en croit de meſme,
Chacun croit aiſément qu'on l'ayme autant qu'il
    ayme,
Vous autres deitez, vous auez l'eſprit vain:
Ha! ſortez viſtement de ce doute incertain;
Qu'il decline ſon nom, ſon païs, ſa naiſſance;
Il eſt temps qu'à ſon tour, il faſſe quelque auance,
S'il a ce qu'il vous faut, vn Notaire, vn Curé;
S'il n'eſt pas ce qu'on croit, fiſt-il bien l'éploré,
Fermez luy voſtre porte, & m'en cherchez vn autre,
Dont vous ſerez le fait, comme il ſera le voſtre.
                STEFANIE.
Ie ſçay que bien ſouuent, il ſe promene icy,
Et c'eſt pour ce ſujet, que ie m'y trouue auſſi.
Afin que m'y voyant, ſeule, à pied, ſans liurée,
Il s'aille figurer ma conqueſte aſſeurée,
Et que pour me connoiſtre, il vienne m'approcher.
                    LOVIZE.
Qu'eſperez-vous par là?
                STEFANIE.
                Ie luy veux reprocher,
Qu'il donne à tout.
                    LOVIZE.
                Ma foy, ce n'eſt pas gain de cauſe,
Pour vos nobles deſſeins, il faut bien autre choſe.
                STEFANIE.
Cela me peut ſeruir à le faire expliquer;
A connoiſtre s'il m'ayme, ou s'il ſe veut mocquer;
Car puis que tout mon bien eſt ma ſeule induſtrie,
Ie redoute ſur tout la contrefourberie.
                    LOVIZE.
Par ma foy, ie le tiens auſſi fourbe que nous,

STEFANIE.
Mais il n'eft pas auffi le feul but de mes coups.
LOVIZE.
Ce Financier cocquet, que vous couchiez en joüe,
Et qui ne vous hait pas, le valoit bien.
STEFANIE.
Il joüe;
Son humeur m'eft fufpecte; on croit qu'il doit au Roy,
Et n'eft pas dans Madrid cru pour homme de foy.
LOVIZE.
Et ce beau courtifan, qui vous fuit à la pifte?
STEFANIE.
Le madré veut fçauoir en quoy mon bien confifte,
Ne t'imagine pas à voir ma vanité,
Que ie m'attache tant aux gens de qualité:
Si ie trouue ou Bourgeois, ou vieillard qui foit ri-
che,
Par d'honeftes faueurs, dont ie ne fuis pas chiche,
Ie fçauray le gaigner; lors ma condition
Se pourra bien paffer de mon inuention,
Et lors auec honneur, fans faire de baffeffe,
Ie pourray foûtenir l'éclat de ma nobleffe:
Pour cet effect, ie vole aux oifeaux paffagers,
Et noftre politique en veut aux étrangers.
I'ay de bons efpions dans les hoftelleries,
Dans les poftes, bureaux, coches, meffageries,
Tu m'es vn bon fecond, & noftre Oliuarés,
Pour nos nobles deffeins eft comme fait exprés,
Aux yeux de cent jaloux, il fçait faire vn meffage.
LOVIZE.
Bref voftre Oliuarés eft vn grand perfonnage.
STEFANIE.
Il a fçeu découurir, qu'vn certain vray Marquis,
Arriue dans Madrid, & fçait bien fon logis.
Ce Seigneur étranger, fi i'ay bonne memoire,
A nom Dom Blaize Pol Marquis de la Victoire?

A iij

LOVIZE.

La peſte que de noms!

STEFANIE.

Cela ſent ſon Seigneur.

LOVIZE.

Madame i'apperçoi voſtre eſcuyer d'honneur.

STEFANIE.

Il nous apportera quelques bonnes nouuelles.

LOVIZE.

C'eſt le Phenix, l'extrait, des eſcuyers fidelles.

STEFANIE.

Dis-moy la verité que tu ne le hais pas?

LOVIZE.

Ie penſe auſſi pour luy ne manquer pas d'appas.
Hé bien! ſurintendant des depeches ſecrettes!
Qu'as-tu de bon?

SCENE II.

OLIVARES, STEFANIE; LOVIZE.

OLIVARES.

Tay-toy, Sultanne des cocquettes!
Ie me ſuis informé comme vous m'auiez dit
Du logis de Dom Sanche, & ie ſçay comme il vit,
Et que pour le ſeruir, il n'a qu'vne perſonne.
Mais on m'a dit de plus, & c'eſt ce qui m'eſtonne,
Que ſon appartement, dont ie me ſuis enquis,
Eſtoit l'appartement de ce meſme Marquis,
De ce Dom Blaize Pol qu'on attend de Caſtille;

STEFANIE.

He bien ! c'eſt vn Matois, vn petit noble, vn drille,
Vois-tu ! ie me connois en gens de qualité.

OLIVARES.

En ſortant de chez luy, ie l'ay trouué botté.

LOVIZE.

Et moy ie l'apperçoi.

STEFANIE.

Mon bon-heur me l'amene.

LOVIZE.

Où vient-il ſi matin?

STEFANIE.

Il faut que ie l'apprenne,
Cachons-nous.

SCENE III.

DOM SANCHE, MERLIN.

DOM SANCHE.

Tv dis donc, que mon frere eſt venu?

MERLIN.

Ouy Monſieur, craignant ſort d'eſtre animal cornu,
Et que cette beauté qu'icy l'on luy deſtine,
Ne ſoit pour ſon repos trop aymable, & trop fine,

DOM SANCHE.

Comment ſe porte t'il?

MERLIN.

Ma foy, trop bien pour vous,

A iiij

Au reste, auant l'himen le Seigneur est ialoux,
Sa lettre qu'il m'a leüe, & que ie vous apporte,
Vous fera voir comment son Marquizat se porte,
Il pretend se cacher quelque temps dans Madrid,
Faisant la guerre à l'œil, s'éclaircissant l'esprit
Du renom, & des mœurs de l'épouze promise,
Qui payera bien cher le tiltre de Marquize.

DOM SANCHE.

La femme qu'il prendra, doit bien se preparer
A mal passer son temps, & beaucoup endurer.
I'auois comme tu vois auiourd'huy pris la botte,
Pour aller au deuant de ce franc Dom Quixotte.

MERLIN.

Vous l'auez mieux nommé que vous n'auez pensé,
Il n'est pas dans le monde vn homme moins sensé,
Vous ne croiriez iamais le chagrin, & la peine,
Que ie souffre à seruir vne teste mal saine.

D. SANCHE.

Que les Peres ont tort de tenir leurs enfans,
Eloignez de la Cour, à se roüiller aux champs,

MERLIN.

Et vos lettres Monsieur?

D. SANCHE.

                Garde-les; qu'ay-ie à faire,
De lire les fatras d'vn impertinent frere?
Puis qu'il est dans Madrid, & que ie le vai voir,
Mais dis-tu vray Merlin, que tu n'as pû sçauoir
Le nom, ny le logis de sa femme future?

MERLIN.

Vous sçauez comme il est defiant de nature,
Qu'il fait secret de tout, & de rien bien souuent,
Et qu'il n'a pour conseil que son chef plein de vent;
Mais vous, mon cher Seigneur, qu'il ne vous en
   deplaise.
Comment vont vos amours auec la Portugaize?

D. SANCHE.

Stephanie ?

MERLIN.
Elle mesme.
D. SANCHE.
Elles vont affez bien;
Car elle me careffe, & ne demande rien.
MERLIN.
Tant mieux.
D. SANCHE.
Ie la vai voir, parce que fa demeure
Eft proche de la mienne, & qu'on m'ouure à toute
heure;
Et l'on m'y voit fouuent n'ayant que faire ailleurs,
Et manque auffi d'auoir des paffe-temps meilleurs;
I'y demeure par fois pour changer moins de place;
I'en fors pour en changer, quand la mienne me
laffe;
I'y reuay par couftume, & iamais par amour;
Ma pareffe fouuent m'y retient tout vn iour.
Quand i'y reve, elle croit, comme elle eft vaine &
belle,
Que ie ne puis rever pour autre que pour elle,
Et lors que ie me tais par taciturnité,
Que c'eft par le refpect que i'ay pour fa beauté.
Ie luy dis des douceurs, qui ne me coutent guiere,
Et fouuent ie me plais de luy rompre en vifiere
Pour diuerfiffier la conuerfation,
Ou faifant le ialoux par oftentation,
I'ay le plaifir de voir comment elle s'efforce,
D'appaifer vn amant, qui parle de diuorce.
Ie paye fes faueurs de vers bien ou mal faits
Et nous aymons ainfi tous deux à peu de frais.
Iuge fi mon amour me rend fort miferable.
MERLIN.
Voftre relation me la rend toute aymable;
N'auez vous point apris à fa rare beauté
Voftre nom?
D. SANCHE.
Ouy Merlin, non pas ma qualité;

Non plus que mon païs : mais elle s'imagine
Que ie suis pour le moins de Royale origine,
Vn Infant d'Arragon, ou bien de Portugal;
Car cette Portugaise, vn franc original,
Ne reçoit dans ses fers que des gens de la sorte,
A tous autres galans elle ferme la porte.
Elle en souffre par fois par maxime d'Estat,
Ou pour rendre ialoux quelque gros Potentat,
Ou bien pour faire voir qu'à ses yeux rien n'é-
  chappe
Et qu'indifferemment tout le monde elle attrappe.
            MERLIN.
La Dame, ou ie me trompe, est foible de cerueau.
          D. SANCHE.
A cela prez, elle est aymable; a l'esprit beau,
Et mille en cette Cour auecque moins de charmes,
Se font rendre tribut de soupirs, & de larmes.
            MERLIN.
Elle est fort mal en meuble, & ie gagerois bien
Qu'elle est franche friponne, & qu'elle ne vaut rien.
L'autre iour sa suiuante, en colere contre elle,
Disoit tout haut qu'à peine elle estoit Damoiselle.
        STEFANIE cachée.
Nous ne pouuons oüir ce qu'ils disent d'icy.
          D. SANCHE.
Mais, nous auons manqué, dont i'ay bien du soucy,
Cette ieune beauté que nous auions suiuie,
Pour la reuoir encor, si tu cheris ma vie,
Auançons iusqu'au pont.
            MERLIN.
              C'est autant de perdu.
        D. SANCHE.
Vien, Qu'importe?
          LOVIZE.
            Il s'en va le Marquis pretendu,
        STEFANIE.
Appelle son valet, si tu m'aymes, Louize.

LOVIZE.

Caualier !

MERLIN.
Que me veut l'ecueil de ma franchize?
LOVIZE.
Conuerser vn moment.
MERLIN.
Beau magazin d'attraits,
Mon Maistre est déja loin, il faut que i'aille apres,
Sans cela, croyez moy, ma chere Imperatrice,
Qu'il n'est rien icy bas que pour vous ie ne fisse.
LOVIZE.
Demeure icy, Merlin.
MERLIN.
Ie n'en ay pas le temps,
Adieu, moule adorable à faire des enfans.
STEFANIE.
Ie l'arresteray bien. Dis-moy mon cher de grace,
Le païs de Dom Sanche, & son bien & sa race,
Et quelle est la beauté qu'il adore à la cour?
MERLIN.
On vous a donc apris l'obiet de son amour?
à part.
Ie viens de luy donner du martel.
STEFANIE. à part.
Hà le traistre !
MERLIN.
Mon Maistre n'est pas tel qu'il tâche de paroistre.
STEFANIE.
Dis-moy donc son païs, sa qualité, son bien,
Tien.
MERLIN.
Vous m'auez charmé par ce doux mot de Tien?
Le diamant est bon?
STEFANIE.
Fort bon.
MERLIN.
Vn peu iaunastre.

Bas de Bizot?
LOVIZE.
Vois-tu, l'on te bat comme plaſtre,
Si tu ne parles viſte.
MERLIN.
Encore faut-il bien
Sçauoir ; ſi ce qu'on, donne eſt quelque choſe ou
   rien,
STEFANIE.
Dis-moy donc ſon païs,ſon bien,& ſa naiſſance.
MERLIN.
Vous me demandez-là des choſes d'importance,
Et dont iuſques icy,mon Maiſtre homme diſcret,
Et ſage au dernier point m'a touſiours fait ſecret;
Mais comme les valets ont l'ame curieuſe,
Et que ie vous connois Dame tres-genereuſe,
Ie veux vous auoüer auec ſincerité,
Que quant à ſon païs,ſon bien,ſa qualité,
Quoy que voſtre preſent i'aye bien voulu prendre,
Il s'enfuit.
Ie n'en ſçay rien du tout,& n'en puis rien aprendre,
STEFANIE.
Le cocquin m'a ioüée,il faut aller aprés.
OLIVARES.
Mon bras eſt impuiſſant,où le ſont vos attraits?
STEFANIE.
Il a laiſſé tomber en fuyant quelque choſe,
Va t'en le ramaſſer.
OLIVARES.
C'eſt vne lettre cloſe,
STEFANIE.
Apporte.
OLIVARES.
Ou c'en ſont deux en vn meſme paquet?
STEFANIE.
Il faut voir ce que c'eſt , romps viſte le cachet,
La datte eſt d'auiourd'huy,la lettre eſt fraiche faite,
Nous allons découurir quelque affaire ſecrette,

LETTRE,

MOn frere,
Ie suis dans Madrid, & qui pis est, i'y suis pour me ma-
rier. I'ay grand peur, qu'vn bourreau de beau-pere
ne m'aille tromper, & ne m'ait promis plus de beurre que
de pain. Ie ne me mouche pas sur ma manche, comme
vous sçauez, & il en faudroit venir au coupegorge. Ie
vai donc faire la guerre à l'œil ; car de deux acci-
dents il faut éuiter le pire. Informez vous de ses vie,
& mœurs de vostre costé, comme ie feray du mien, &
me sçachez bon gré de la confidence. Ie vous addresse vne
lettre que i'escris à ma future épouze, afin qu'elle ne me
soupçonne pas d'estre à Madrid. Le dessus de la lettre
vous apprendra sa demeure.

L O V I Z E.

A t'on iamais escrit plus extrauagamment?
En des termes plus bas, auec moins d'agrément?
Le style respond mal à l'esprit de Dom Sanche.
Auez vous remarqué CE MOVCHE SVR LA
   MANCHE ?

S T E F A N I E.

On escrit mal par fois, quoy que l'on parle bien?

L O V I Z E.

Et tous ces quolibets qui ne seruent de rien?

S T E F A N I E.

Qu'importe. Mais helas! il importe qu'vn traistre
M'ait donné de l'amour sans se faire connoistre,
Il est Marquis le Fourbe, & d'vne qualité,
Qui peut à mon souhait borner ma vanité,
Il traitte cependant d'vn autre mariage,
Et me fait le joüet de son esprit volage.

L O V I Z E.

Ie n'eusse iamais cru qu'il eust escrit si mal,
Il nous deguisoit bien son esprit de cheual,

STEFANIE.
Perſonne n'eſt exempt d'auoir quelque foibleſſe,
Quelque tendre, ou d'abord qu'on le touche, on le
  bleſſe,
Il eſt ialoux ſans doute, & quand ſon mal le prend
D'agreable qu'il eſt ridicule il ſe rend.
Il verra ſi ie ſuis de mon coſté ialouze.
Voyons comment il parle à ſa diuine Epouze.
L'addreſſe eſt A MADRID POVR BLANCHE
  DE VARGAS
DONT LA MAISON CONTIENT VN AP-
  PARTEMENT BAS,
PEINT DE NEVF, ET GRILLE', QVI DON-
  NE EN LA GRAND RVE.
          LOVIZE.
Vrayement l'addreſſe eſt rare, & de grande eſten-
  duë.
          OLIVARES.
I'irois les yeux bandez. Ie connois la maiſon,
          STEFANIE.
Tant mieux. Veriſſions ſa noire trahiſon,

          LETTRE,

M A chere Eſpouze.

Quelques affaires m'empeſchent de vous appeller de plus
prés de ce doux nom. Receuez-le d'où vous eſtes, ie
vous le donne d'où ie puis, & cependant ie conſens, & ma
volonté eſt que cette lettre ait la force d'vne promeſſe
de mariage, en attendant que nous le conſommions
dans Madrid apres la benediction du Preſtre.
      Dom BLAISE POL, Marquis de la Victoire,
          LOVIZE.
Il entre, ce me ſemble, icy quelque miſtere;
Car Madame il eſcrit de Madrid à ſon frere,
Son frere apparemment eſt auſſi dans Madrid,

STEFANIE.
Il n'eſt pas queſtion de ſe, laſſer l'eſprit,
A deuiner le ſens, dont la lettre eſt eſcritte;
Mais il eſt queſtion que mon ame s'irrite,
Qu'on ſe mocque de moy; qu'on me fait enrager,
Et que ie veux tout faire, afin de me vanger.
Ouy perfide, ouy mechant, i'iray chez ta Maiſtreſſe,
Luy faire le recit de ta fauſſe fineſſe.
Louize, Oliuares, il faut me feconder,
A rompre cet himen, ou bien le retarder;
Mais ce n'eſt pas aſſez de rompre vn himenée
Il faut bien dauantage à ma rage obſtinée,
Ie veux apres auoir fait manquer cet himen,
Qu'il en meure le traiſtre.
LOVIZE.
Ouy qu'il meure,
OLIVARES.
A men.
STEFANIE.
Perdons le ſcelerat qui s'attaque à ma gloire,
OLIVARES.
Soyons victorieux de la meſme victoire.
STEFANIE.
L'alluſion me plaiſt, elle eſt pleine d'eſprit,
Tantoſt pour cela ſeul, ie te donne vn habit,
LOVIZE.
A moy Madame?
STEFANIE.
A toy! ie te donne vne iuppe,
LOVIZE.
Malheur ſur le Marquis qui nous a pris pour duppe,

Fin du premier Acte.

ACTE II.

SCENE PREMIERE.

BLANCHE, LIZETTE.

LIZETTE.

POVR moy quand vos cheuaux s'emporte-
rent si fort,
Ie dis mon in manus, & i'attendis la mort,
Si ie ne l'auois veu, ie croirois impossible
Que la peur fist en nous vn effect si terrible;
Car vous cheutes sur moy, sans poux, sans senti-
ment,
Et i'en suis pasle encor d'y songer seulement.
BLANCHE.
Nostre liberateur me vit-il de la sorte?
LIZETTE.
Et craignit comme moy que vous ne fussiez morte,
Pourquoy garder aussi des cheuaux si fringans?
Et des chiens de cochers tous les iours s'enyurans?
BLANCHE.
Comment se trouua-t'il en ce lieu solitaire,
Ce ieune cauallier, cet ange tutelaire?
LIZETTE.
Ie ne sçay pas comment; mais ie beniray Dieu,
Qui nous le fit trouuer à telle heure, en tel lieu.
BLANCHE.

BLANCHE.

Qu'il me parut ciuil! qu'il est bien fait, Lizette!

LIZETTE.

Ie croirois bien aussi qu'il vous trouua bien faitte,

BLANCHE.

Comme i'estois Lizette?

LIZETTE.

Ouy, comme vous estiez
Toute pasle, à ses yeux autant vous éclattiez,
Qu'il éclattoit alors aux vostres par sa mine.

BLANCHE.

Mais de cet accident, qui fut donc l'origine?

LIZETTE.

Vostre malheur, le mien, vn bourreau de cocher
Tousiours saoul, des laquais qu'il faudroit écorcher,
Escoutez comme quoy nous l'échapames belle,
Dont, ma foy, nous deuons vne belle chandelle.
Nous passions sur le pont, sans beaucoup nous
    haster,
Et sans auoir dessein de nous precipiter.
Vostre cocher estoit comme vous sçauez yure,
Et vos laquais s'estoient dispensez de vous suiure.
Nous regardions les eaux du clair Mansanarez,
Quand vn chien, l'on eust dit qu'il l'eust fait tout
    expres,
Fit peur à vos cheuaux, dont l'yuroigne de guide
Accablé de sommeil ne tenoit plus la bride,
Du chien effarouchez, ils galoppoient fougueux,
Vers où le bord du fleuue à voir mesme est affreux,
Lors que ce Caualier, ou plustost ce bon Ange
Vola vers vos cheuaux d'vne vitesse estrange,
Et coupa leur harnois de son acier tranchant,
Sur le point qu'ils s'alloient ietter dans le pan-
    chant.
Nous estions cependant, vous, dans mes bras pasmée,
Moy, de vous voir ainsi tout à fait alarmée,
Vous reuintes aprés de vostre pâmoison,
Et lors vos yeux ingrats par grande trahison,

B

Firent au Caualier vne amoureufe playe.
Voila de l'accident la relation raye.

BLANCHE.

Folle plains moy pluftoft, & ne me raille point,
Le plaifir qu'on m'a fait, m'inquiette à tel point,
Par la crainte que i'ay de ne le pouuoir rendre,
Que de m'en attrifter ie ne me puis deffendre.

LIZETTE.

Ie croy cette trifteffe vne naiffante amour,
Qui paroit dans vos yeux claire comme le iour.

BLANCHE.

Amour? moy?

LIZETTE.

    Vous? amour? eftes vous vne fouche?

BLANCHE.

Non : mais i'ay de l'honneur.

LIZETTE.

    Qui vous rend bien farouche.

BLANCHE.

Quand i'aurois repugnance à viure fous fes loix,
Vne fille prend-elle vn Efpoux à fon choix?
N'atten-ie pas le mien auiourd'huy?

LIZETTE.

       Mais Madame!
S'il eft mal fait de corps auffi-bien que de l'ame?

BLANCHE.

Si mon Pere me donne vn Efpoux odieux,
Pour de mieux faits que luy ie fermeray les yeux.

LIZETTE.

Si quelque amour fecret l'oblige à la defpenfe?

BLANCHE.

Ie regleray la mienne, & prendray patience.

LIZETTE.

S'il eft ialoux, auare, impertinent, railleur?
S'il eft fâcheux, mal propre, yurogne, ou grand
  parleur?
S'il eft joüeur, s'il perd fes terres & les voftres.
Si cagot, iour & nuit il dit fes patenoftres.

S'il est chauue, gaucher, rousseau, louche, ou ca-
gneux?

BLANCHE.

Le Ciel ne sera pas pour moy si rigoureux:
Mais quand il seroit tel que le fait ta peinture,
L'ennemy du bon sens, l'horreur de la nature,
Vn iniuste tyran, de son ombre ialoux,
Pour l'aymer, il suffit qu'il seroit mon Espoux.

LIZETTE.

Madame, si l'Espoux que le ciel vous destine,
A de ce Caualier le visage, & la mine,
S'il est d'esprit, de biens, & de vertus pourueu,
On peut tout esperer deuant que l'auoir veu,
Que sçait-on?

BLANCHE.

Ha Lizette! il faudroit estre heureuse.

LIZETTE.

Hà! Madame, ma foy vous estes amoureuse.

BLANCHE.

Tay toy, ie vois mon Pere.

SCENE II.

DOM COSME, BLANCHE, LIZETTE.

DOM COSME.

HE bien! vostre acci-
dent,
De la faueur du Ciel est vn signe euident.

BLANCHE.

Si vous sçauiez Monsieur, par quel bon-heur
estrange

Sans le secours d'vn homme, ou plustost d'vn bon
  Ange.....

D. COSME.

L'on m'a de point en point conté ce grand mal-
  heur,
Dont ie vous vois sauuée, & quitte pour la peur.
Comment vous portez vous?

BLANCHE.

De ma peur estourdie,
Ie me sens foible encor; mais c'est sans maladie.

SCENE III.

MERLIN, D. COSME, BLANCHE, LIZETTE.

MERLIN *surpris de voir Dom Cosme.*

M Adame de la part. mais.....

D. COSME.

Que demandez-vous?

MERLIN.

à part. Ie suis pris. Vn laquais estoit venu chez nous
Demander vn iuillep pour vostre fille morte,
Ie suis apoticaire, & c'est ce que i'apporte.

D. COSME.

On n'en a pas besoin.

LIZETTE *à part.*

Peste de l'estourdy.

BLANCHE.

Mon amy, ie vous trouue à mentir bien hardy,
Vous feriez soupçonner surpris comme vous estes.

Qu'il se passe entre nous des affaires secrettes,
Monsieur, c'est le valet, ou ie me trompe fort,
Du Caualier sans qui vous pleureriez ma mort?

MERLIN.

Ie ne suis pas à luy; mais ie suis à son Frere.

D. COSME.

Comment s'appelle-t'il?

MERLIN.

                    O le curieux Pere! *à part.*
Puis qu'il vous faut parler sans feintise, & sans dol,
Mon Maistre est vn Seigneur nommé Dom Blaize
    Pol.

D. COSME,

Marquis de la Victoire?

MERLIN.

                    Ouy Monsieur?

D. COSME.

                    C'est mon gendre.

Est-il icy?

        MERLIN.
Luy mesme.
        D. COSME.
                    Et me veut il surprendre?
Que ne m'écriuoit-il qu'il venoit? & pourquoy,
A-t'il voulu descendre autre-part que chez moy?

MERLIN.
Il est d'vn naturel surprenant.

        LIZETTE.
                    Ha Madame!
Vous allez donc bien-tost estre Marquize, & femme?

        D. COSME.
Tu sçais où le trouuer?

        MERLIN.
                    Ouy, Monsieur?

        D. COSME.
                    C'est assez,
Adiustez-vous ma fille, & vous resioüissez.

                    B iij

D. SANCHE.

Si c'eſtoit l'offencer que l'aymer ardemmrent,
Elle m'auroit traitté trop peu cruellement;
Mais ſi c'eſt de l'amour que les Dieux nous deman-
    dent,
Si c'eſt par nos reſpects, qu'à nos vœux ils ſe ren-
    dent
Doit elle receuoir d'vn œil ſi rigoureux,
Et mes reſpects ſouſmis, & mes ſoins amoureux?

BLANCHE.

Lizette! haſte-toy, veus-tu donc que mon Pere
Le trouue?

LIZETTE.

Allons Monſieur.

D. SANCHE.

      O Dieu, qu'elle eſt ſeuere!

LIZETTE.

I'entend Monſieur qui vient, viſte cachez vous-là,

BLANCHE.

Lizette! quel malheur!

LIZETTE.

      Ne craignez rien,

SCENE V,

SCENE V.

D.BLAISE & ſes gens, D. COSME, BLANCHE, LIZETTE.

DOM BLAIZE.

Hola!
Ne vous diſpenſez pas ma ſotte valettaille,
En vn iour important comme vn iour de bataille,
En vn temps où l'amour mon ennemy cruel
Contre vn fier baſilic me ſuſcite vn duel;
Car ma belle en eſt vn, dont la mortelle veüe,
Fait d'vn homme viuant vn mort à l'impreuciie.
Ne vous diſpenſez pas, diſ-je, mes ſottes gens,
D'eſtre au moindre clin d'œil, à ma voix diligens,
Afin que la Deeſſe à qui mon cœur encenſe
Iuge de mon eſprit par voſtre obeïſſance.
M'entendez-vous?

D. COSME.
Monſieur, vous commandez icy
Comme Maiſtre abſolu.

D. BLAIZE.
Ie l'enten bien ainſi.
Mon beau-pere, notez, que vous auez la draitte,
Notez de la façon qu'auecque vous ie traitte:
Ie ne la donne pas à tous, en bonne foy.
Et ce rencontre icy ne fait pas vne loy.
Mais allons de plus prez déployer la faconde,
Deuant cette merueille à nulle autre ſeconde.

Ie pretens dés ce soir acheuer voſtre nopce.
Qu'on mette viſtement les cheuaux au caroſſe.
Lizette, & vous ma fille obtenez deſſus vous,
De paroiſtre plus gaye aux yeux de voſtre Eſpoux.
Il ſort.

BLANCHE.

Noſtre auenture helas ! m'a bien moins eſtonnée,
Que ne fait le penſer de mon proche Himenée.

LIZETTE.

Paſſer de fille à femme eſt ſans doute vn grand
  ſaut;
Mais quelque grand qu'il ſoit, on le franchit bien-
  toſt.

BLANCHE.

O Dieu ! que vois-je encore?

SCENE IV.

DOM SANCHE, BLANCHE, LIZETTE.

DOM SANCHE.

APres vous auoir veuë,
De tant de dons du Ciel ſi richement pourueuë,
Ie ne puis m'empeſcher de reuoir vos beaux yeux
Pour leur offrir encor mon cœur comme à mes
  Dieux.
Dé-ja de leurs regars la menace ſeuere
Fait craindre à mon amour leur iniuſte colere;
Leur dedain redoutable eſt preſt de chaſtier,
Vn crime que ma mort ſeule peut expier;

Mais que leur cruauté contre moy tout employe,
Tout supplice m'est doux pourueu que ie les voye.
BLANCHE.
Quand mon Pere m'amene vn Epoux que i'attens,
Me venir voir encor, c'est mal prendre son temps.
D. SANCHE.
Ie venois m'informer de l'estat où vous estes.
BLANCHE.
Si vous sçauiez Monsieur, la peur que vous me
   faittes,
Ou plustost à quel mal vous m'exposez icy?
Vous ne me viendriez pas rendre visite ainsi.
Il est vray, ie vous dois la vie, & ie confesse,
Que mon cœur genereux me le redit sans cesse;
Mais dans le mesme temps qu'il m'apprend mon
   deuoir,
Il m'aduertit aussi que i'ay tort de vous voir.
D. SANCHE.
Vous ne m'auez rien deub, dont vous ne soyez
   quitte;
Mais i'ay cru vous deuoir au moins vne visite,
Ou plustost ie l'ay cru deuoir à mon repos,
Puisque eloigné de vous i'endure mille maux.
BLANCHE.
Bien que i'ay pour vous toute sorte d'estime,
Ie ne puis plus long-temps vous écouter sans crime;
Vous reuoir, c'est manquer à ce que ie me dois,
Et peu faire pour vous; mais beaucoup contre moy.
Emmene-le Lizette.
LIZETTE.
      Allons, allons, mon braue,
Et si vous deuenez nostre amoureux esclaue,
Comme vous en auez tout à fait la façon,
Sçachez qu'vn ieune cœur n'est pas tousiours gla-
   çon,
Que Lizette vous peut seruir, & que Lizette
A pour vous dans son ame vne estime parfaitte,

Mieux vaut vn oisillon qu'on tient dessus le poing,
Qu'vn grand oiseau de prix volant dans l'air bien
  loing;
Vous meritiez vn Roy merueille sans egalle,
Vous n'aurez qu'vn Marquis soubs la loy coniugale.
Ordugno ! que dis-tu de l'application?

ORDVGNO.
Qu'elle est digne de vous.

D. BLAIZE.
                    Elle est d'inuention,
Et sans doute elle aura la donzelle attendrie,

ORDVGNO.
Il n'en faut point douter.

LIZETTE.
                    Quelle pedanterie!
Madame!

BLANCHE.
Ha tay toy donc, Lizette!

D. COSME. à part.
                    Auec le temps
La Cour pourra changer le style, & l'air des champs,

D. BLAIZE.
Vous estes vn long-temps, me semble, à me repôdre,
Deuroit-on là dessus auoir à vous semondre?

BLANCHE.
Quand bien on m'offriroit ce qui ne se peut pas,
Vn Espoux plus que vous à mes yeux plein d'appas
Et dont la qualité fust plus considerable,
Ce qui n'est pas possible, encore moins croyable;
Quand au lieu de Marquis, vous seriez vn grand
  Roy,
Le pouuoir que mon Pere a tousiours eu sur moy,
Qui n'ay iamais songé qu'à l'aymer, à luy plaire,
M'auroit fait consentir au bon choix de mon Pere,
Ainsi pour deux raisons i'ayme vn si digne Espoux,
Et parce qu'il le veut, & parce que c'est vous,

D. BLAIZE.
Ordugno! qu'en dis-tu? la Sibile Cumée,

M'euſt moins par ſon diſcours l'ame entouſiaſmée.
Ordugno ! l'artiſan qui peignit ſon portrait
N'a pû le fat qu'il eſt la rendre trait pour trait,
Ordugno! I'ay grand peur qu'vne femme ſi belle
De moy ſon papillon deuiendra la chandelle,
Ordugno!

ORDVGNO.
Quoy, Monſieur?
D. BLAIZE.
Elle en tient.
ORDVGNO.
Seurement:
D. BLAIZE.
Mais à bon chat bon rat, i'en tiens pareillement.
Ordugno! la maiſon me choque en ſa ſtructure,
Il en faudroit changer toute l'architecture,
La chambre eſt en bicoin, tout au moinꝮ il faudroit
Abbattre l'angle aigu , pour en refaire vn droit.
Ordugno!

ORDVGNO. *d'vn ton chagrin comme
onnuyé d'eſtre tant appellé.*
Monſeigneur!
D. BLAIZE.
Quelle façon maudite
De reſpondre! eſt-ce point que le faquin s'irrite
D'entendre ſi ſouuent Ordugno repeter.
Sçais-tu que c'eſt ainſi qu'on ſe fait mal-traitter?
Sçais-tu que qui t'a fait, te pourra bien defaire?
ORDVGNO.
Ie crois n'auoir rien fait qui puiſſe vous deplaire,
D. BLAIZE.
Ie l'ay fait fauory de Page fort galeux,
Dont vn meilleur que luy ſe tiendroit fort heureux,
Et le gredin qu'il eſt, ſe fait tirer l'oreille,
A cauſe que par fois à luy ie me conſeille,
Tous valets ſont valets.
ORDVGNO.
Mais Seigneur,...;

C ij

D, BLAIZE.
                          Il fuffit,
Ne me va point chercher dans ton mauuais efprit
De mauuaifes raifons,ou nous aurons querelle,
Viens à moy fans gronder à lors que ie t'appelle;
Ne me parle iamais qu'eftant interrogé,
Et iamais fans refpeʧ, ou bien prend ton congé.
                D. COSME.
Ne trouuez-vous pas bon,Monfieur,que i'aille faire
Preparer vne chambre à Monfieur voftre frere?
Car ie ne pretend pas qu'il loge hors de chez moy.
                D. BLAIZE.
C'eft fort mal pretendu, mon beau-pere.
                D. COSME.
                          Et pourquoy?
            D. BLAIZE.
Parce qu'en vn logis où dormira ma femme,
De mon confentement ne dormira corps d'ame;
Par corps d'ame, i'entend tous parens,tous amis,
Tous valets,mefme auffi,s'il m'eft ainfi permis,
Tous chiens, chats, & cheuaux mafles , toute pein-
    ture.
Qui reprefente au vif mafculine figure.
Sans doute,vous direz,& vous direz bien vray,
Que ie fuis fort ialoux ; mais ie m'en fçay bon gré.
                D. COSME.
On ne fçauroit faillir par trop de preuoyance.
                D. BLAIZE.
Vous me parlez ainfi par pure complaifance,
Vous eftes vn adroit,Dom Cofme, & ie voi bien
Que vous accordez tout,& ne conteftez rien.
Ces maudits efprits doux font perfonnes à craindre;
Mais iufqu'icy de vous ie n'ay pas à me plaindre,
Ordugno?
                ORDVGNO.
Monfeigneur.
            D. BLAIZE.
            Di moy quelle heure il eft?

ORDVGNO.
Il eſt deſ-ja bien tard.

D. BLAIZE.
Le ſouper eſt il preſt?

ORDVGNO.
Il le ſera bien-toſt.

D. BLAIZE.
Qu'on me mene à ma chambre;
Qu'on ne m'y brule point de paſtilles à l'ambre;
Que le repas auſſi ſoit ſobre, & limité;
Car ie ne puis ſouffrir la ſuperfluité.
Ordugno!

ORDVGNO.
Monſeigneur.

D. BLAIZE.
Fai bien la ſentinelle.
Furette bien par tout.

ORDVGNO.
Ie vous ſeray fidelle.

D. BLAIZE.
Allons, Dom Coſme, allons, monſtrez moy le che-
min.   il ſort.
Adieu iuſqu'au ſouper belle au teint de iaſmin!

BLANCHE.
Ha Lizette!

LIZETTE.
Ha Madame! à quelle deſtinée
Vous reduit voſtre Pere auec ſon himenée.
Auoit-il de bons yeux quand il vous à choiſy
Ce Marquis campagnard, fantaſque en cramoiſy?

BLANCHE.
Ha! ne m'en parle point qu'auec reſpect Lizette,
Ie te l'ay deſ-ja dit, encor qu'il me mal-traitte,
Quelques cruels tourmens qu'il me faſſe endurer,
Il ne m'eſt pas permis meſme d'en murmurer.
Fai viſtement ſortir ce cauallier. Ie tremble
Que quelqu'vn du logis ne vous rencontre enſem-
ble;

Di luy que ie l'estime autant que ie le doi,
Et que de l'Action qu'il a faitte pour moy,
La memoire en mon cœur par le deuoir tracée,
Par la longueur du temps ne peut estre effacée;
Et que ie n'aurois pas refusé de le voir,
Si ie l'auois pû faire, & suiure mon deuoir,

LIZETTE.

On va bien-tost souper. Tous nos gens vont & vien-
  nent,
Et ceux de ce Marquis tous les passages tiennent,
Ie croi qu'ils sont payez pour en vzer ainsi:
Mais ie prendray mon temps, & pour vous hors
  d'icy,
Allez dans vostr chambre, cependant Lizette
Tirera le captif de sa noire cachette.

Fin du second Acte.

ACTE III.

SCENE PREMIERE.

LIZETTE, DOM SANCHE,

LIZETTE.

Es valets du Marquis à leur Maiſtre fidelles,
Auoient ſi bien par-tout placé leurs ſenti-
   nelles,
Que durant le ſouper meſme, ie n'ay pas pû,
Tirer hors de ſon trou noſtre amant morfondu.
Il me fait grand pitié, car il eſt fort aymable:
Mais, ma foy, le Marquis ne ſera pas traitable,
Et ie me trompe fort, s'il eſt moins diligent,
A garder ſa moitié qu'à garder ſon argent.
Sortez mon Caüalier, ſortez en diligence:
Vous m'auez auiourd'huy couſté plus d'vne tranſe,
Nous auons vn Mary ialoux comme vn damné.

D. SANCHE.

Helas! il eſt mon frere, & de plus mon aiſné.

LIZETTE.

Dites-vous?

D. SANCHE.

Et de plus, c'eſt le dernier des hommes.

LIZETTE.

Nous sommes bien à plaindre en l'estat où nous
  sommes ;
Moy d'auoir vn tel Maistre, & vous vn frere tel.
I'en fais dés auiourd'huy mon ennemy mortel;
Il ne meritoit pas vne femme si belle.

D. SANCHE.

Ny moy de l'esprouuer si fiere, & si cruelle.

LIZETTE.

Vous l'auez obligée, & vous estes bien fait;
Esperez : son esprit est sensible au bien-fait,
Et quoy que par vertu sa peine il dissimule,
Ie sçay qu'il est choqué d'vn mary ridicule.
Si peu qu'vn sot Espoux à nos yeux fasse mal
Le temps change en mespris le respect coniugal,
Et si peu qu'vn Mary se rende méprisable,
Il ne manque au Galand qu'vne heure fauorable.

SCENE II.

DOM BLAIZE, LIZETTE, D. SANCHE, ORDVGNO.

DOM BLAIZE.

Ordugno!

LIZETTE.

Le voicy, mon Dieu, que ferons nous?

D. BLAIZE.

Et vien donc, Ordugno!

LIZETTE.

Viste, recachez-vous;

Maudit foit, l'Ordugno, ie tremble en chaque mem-
bre,
D. B L A I Z E.

Ordugno !
O R D V G N O.
Pourquoy donc fortir de voftre chambre?
D. B L A I Z E.
Mes amoureux foûpirs en ont échauffé l'air,
Et pourroient à la fin moy-mefme m'y bruler,
O R D V G N O.
Que ne repofez-vous voftre perfonne laffe?
D. B L A I Z E.
Ie ne puis demeurer long-temps en vne place,
Trifte comme ie fuis,
O R D V G N O.
Pourquoy trifte?
D. B L A I Z E.
Pourquoy?
Quel mortel icy bas doit l'eftre plus que moy?
Ie veux abfolument me cacher d'vn beau-pere,
Qui me trouue d'abord, grace à mon fot de frere:
Qui contre l'ordre exprés à luy par moy donné,
A luy frere cadet par moy fon frere aifné;
Qui contre l'ordre donc, porté dans ma miffiue,
De ne reueler pas à perfonne qui viue
Que ie fuis dans Madrid, a d'abord découuert
L'infaillible moyen de me prendre fans vert.
O R D V G N O.
Et qu'ordonniez-vous donc à Dom Sanche?
D. B L A I Z E.
De faire
Inueftigation de Blanche, & de fon Pere,
Sçauoir ce qu'on en dit dans la Cour de Madrid;
Car fi quelqu'vn de Blanche auoit furpris l'efprit,
Par confequent le corps, ie n'aurois que fon refte,
Et ma honte bien-toft deuiendroit manifefte,
Ainfi Dom Blaize Pol encorné plus qu'vn bœuf,
Auroit à fouhaitter de fe voir bien-toft veuf;

Au lieu que si mon frere eust caché ma venuë,
Cette maison bien-tost m'auroit esté connuë:
Et, cela fait, suiuant mon information,
Ou bien i'aurois agi par consommation,
Ou bien i'aurois d'abord rompu mon mariage;
Mais il n'en est plus temps, Ordugno, dont i'enrage;
Qui pis est, le beaupere est de ces esprits doux,
Qui sur tout, en tout temps sont d'accord auec vous;
Qui ne quittent iamais leur douce procedure,
Et qui rient au nez quand on leur fait iniure.

      D. SANCHE. *à part d'où il est caché.*
Le fantasque qu'il est m'auroit pris en deffaut,
S'il n'eust ainsi parlé de sa lettre tout haut;
Mais ie puis maintenant dire que ie l'ay leuë.
Quoy qu'à dire le vray son valet l'ait perduë.

      D. BLAIZE.
Mais épluchons vn peu la future moitié,
Qu'en dis-tu?

      ORDVGNO.
      Qu'elle est belle!

      D. BLAIZE.
      Et trop de la moitié;
Et de cette suiuante vn peu trop familiere?

      ORDVGNO.
Qu'elle me plaist beaucoup.

      D. BLAIZE.
      Elle ne me plaist guiere.
Comment! à sa maistresse, à la barbe des gens,
Elle parle à l'oreille, à toute heure, en tout temps.
Loin de moy, loin de moy soubrette qui conseille,
On dispose du cœur de qui l'on a l'oreille;
On dispose du corps, de qui l'on a le cœur,
Cela fait, vn mary se trouue sans honneur.
Va, va t'en dans ma chambre, apporte vne lumiere;
Ie ne veux pas laisser le moindre coin derriere
Où ie n'aye porté mes regards, & mes mains,
Si i'allois y trouuer le malheur que ie crains,

Quelque Galant caché, ie ferois rumeur telle
Que mon maudit himen fe romproit par querelle,

      D. SANCHE. *dans fa cachette.*

Si cet extrauagant cherche par tout ainfi,
Il ne faut point douter qu'il ne me trouue icy,
Mais ie me puis fauuer tandis qu'il ne voit goute,

        D. BLAIZE.

I'entend marcher quelqu'vn auprés de moy fans
  doute,
Qui va là?

        D. SANCHE,
    Qui va-là toy-mefme?

      D. BLAIZE.
             Es-tu mortel,

ou fantofme?

        D. SANCHE.
        Ie fuis homme viuant, & tel,
Que pour auoir ozé profaner la demeure
Et l'honneur d'vn Marquis, ie t'étrangle fur l'heure,

       D. BLAIZE.

Tu me ferres la gorge homme trop ponctuel!
Mais ie t'étrangleray d'vn effort mutuel.
Demon! car tu ne peus eftre vn homme ordinaire
Aprés le mal cruel que tu me viens de faire,
Que cherches-tu ceans ?

        D. SANCHE.
          I'y cherche à t'y punir.

      D. BLAIZE.

Et d'où prends-tu l'audace, & le droit d'y venir?

Ordugno en entrant efteint fa chandelle contre le vifage
de fon Maiftre.

Ordugno ! l'eftourdy m'a brulé le vifage.

        ORDVGNO.

Qui Diable vous croyoit auffi dans mon paffage?

        D. SANCHE.

Hà, mon frere! eft-ce vous? à la voix d'Ordugno,
Ie vous ay reconnu,

D. BLAIZE,
                Frere ou pluſtoſt Bourreau,
A quoy bon m'eſtrangler?

                D. SANCHE.
                A deſſein de vous plaire.

                D. BLAIZE.
La belle inuention pour heriter d'vn frere!

                DOM SANCHE.
Vous me l'auiez écrit.

                D. BLAIZE.
                Ouy de vous informer
De Blanche,& de ſes mœurs,non de vous enfermer
Dans ſon logis de nuit : mon cadet! c'eſt trop faire,
C'eſt tranſgreſſer mon ordre ,   enfin c'eſt me dé-
     plaire.

                D. SANCHE.
Ie n'ay point eu deſſein que de vous obeïr.

                D. BLAIZE.
Mais n'auez vous point eu celuy de me trahir.

                D. SANCHE.
Voſtre lettre en mes mains, ne fut pas pluſtoſt miſe,
Qu'affin d'executer vos ordres ſans remiſe,
I'entray dans ce logis.

                D. BLAIZE.
                Où ie vous voi caché.
Qui vous y fit entrer?

                D. SANCHE.

                Ie ſuis bien empeſché.
                D. BLAIZE.
Parlez donc:qu'auez-vous à vous gratter la teſte?
Euſtes-vous pour cela quelque pretexte honeſte?
Car on n'introduit pas pour rien,& ſans ſujet
Dans vn logis d'honneur, vn cauallier ſuſpect.

                D. SANCHE.
Ie priay,ie promis,ie gaignay ſa ſuiuante,
Feignant pour ſa Maiſtreſſe vne amour violente,

D. BLAIZE.

N'auois-ie pas bien dit?la friponne qu'elle est
A la fidelité prefere l'interest:
Ie m'en veux éclaircir,puis qu'il y va du nostre.
Prenez cette casaque,& me donnez la vostre,
Et cependant,allez dans ma chambre.Ordugnos
Vous tiendrez compagnie à ce Godelureau.
Ie vay bien attraper la maudite soubrette:
Elle croira venir tirer de sa cachette
Mon frere,& me prendra pour ce larron d'honneur,
Et ie decouure ainsi ce qu'elle a sur le cœur.

D. SANCHE.

Il va tout découurir, ô la sotte deffaite
Dont ie me suis serui!

D. BLAIZE.

La maudite soubrette
Sur la foy des manteaux troquez si prudemment,
Pour Dom Sanche aura pris Dom Blaize asseure-
ment.
Elle viendra bien-tost le tirer de sa geolle,
Et lors,ie ne dis pas que sur sa tendre épaule
Coups orbes,& pesans par moy ne soient donnez:
Mais ie luy veux deuant tirer les vers du nez.

LIZETTE. *croyant parler à D.Sanche.*

Le sot homme est sorti.

D. BLAIZE.   *à part.*

Peste! comme on me nomme.

LIZETTE.

Hà!que n'est-il dé-ja doublement vn sot homme.

D. BLAIZE. *contrefaisant sa voix.*

Bon.Du plaisir receu ie me reuancheray.

LIZETTE.

Ie n'ay rien fait au prix de ce que ie feray.
Sortez donc.Ce Marquis nous fera de la peine,
Fantasque comme il est.

D. BLAIZE.   *à part.*

Hà ! la double vilaine.

LIZETTE. *entend venir D. Sanche*
qu'elle croit D. Blaise.

Dieu me veuille affifter! ne le voila-t'il pas?

elle s'enfuit.

Songez à vous, pour moy ie me fauue à grands pas.

D. BLAIZE.

Hà! c'eft vous, pourquoy donc venir fi-toft mon
  frere.

D. SANCHE.

Le defir de fçauoir le fecret d'vn affaire,
Où noftre honneur commun peut eftre intereffé
En eft caufe.

D. BLAIZE.

Ma foy, vous eftiez bien preffé.

D. SANCHE.

Qu'auez-vous donc appris?

D. BLAIZE.

          Trop. D'abord la traiftreffe,
M'a promis fa faueur auprés de fa maiftreffe,
Puis m'a donné du fot, & du fantafque auffi:
Mais ie luy veux apprendre à me traitter ainfi.
Chaque chofe a fon temps, & quant à vous, Dom
  Sanche,
Ie veux que vous feigniez d'eftre amoureux de
  Blanche.
Ie veux par voftre amour adroittement ioüé,
Decouurir fi fon cœur vous peut eftre voüé;
Et ie pourray peut-eftre auec la mefme feinte
Decouurir, fi ce cœur n'a point eu d'autre atteinte.
Vous pouuez bien penfer que ie ferois gafté,
S'il falloit que la belle en euft dé-ja tafté.
L'adreffe à ce deffein n'eft pas peu neceffaire,
N'y faites pourtant pas tout ce qui s'y peut faire,
Que voftre feint amour n'ait rien d'incontinent,

D. SANCHE.

Ce Mary curieux, qu'on nomme impertinent,
N'en a iamais tant fait.

D. BLAIZE.

          Vous me voulez inftruire,
Vous mal-heureux cadet qu'vn aifné peut deftruire,
Vous m'ofez confeiller, vous me traittez de fot,
Moy tout fens, tout efprit, moy Dom Blaize en vn
    mot.

D. SANCHE.

Mais que peut-on penfer d'vn homme qui s'ingere
D'aymer vne beauté deftinée à fon frere?
Et quelle opinion auroit-elle de moy?
Qui ferois vn tel crime.

D. BLAIZE.

                    Et n'eft-ce pas dequoy
Donner vne couleur à pareille entreprife,
Que feindre que voftre ame eft dés long-temps
    éprife?

D. SANCHE.

Ie ne l'ay iamais veuë.

D. BLAIZE.

                    Et fuis-ie donc vn fou?
Et n'auez-vous pas veu fon portrait à mon cou?
N'eft-il pas digne affez de voftre idolatrie?
Mais foin, ie l'ay laiffé dans noftre hoftellerie,
Ie m'en vay le querir.

D. SANCHE.

          I'iray bien.

D. BLAIZE.

                    Volontiers,
Vous iriez fureter ma male & mes papiers.
Renguainez, renguainez voftre offre officieufe,
Que ces freres cadets ont l'ame curieufe!
Ie fuis des curieux l'ennemy capital.

D. SANCHE. *à part.*
La belle occafion que m'offre ce brutal!

D. BLAIZE.
Que dittes vous tout bas?

D. SANCHE.

Que ie suis prest de faire
Tout ce qu'il vous plaira.

D. BLAIZE.

M'obeïr, c'est me plaire.
Ordugno!

ORDVGNO.

Monseigneur?

D. BLAIZE.

Ordugno!

ORDVGNO.

Monseigneur?

D. BLAIZE.

Faut-il pour mes pechez qu'vn valet soit dormeur?
Ordugno!

ORDVGNO.

Monseigneur?

D. BLAIZE.

Dieu te puisse confondre,
Monseigneur, Monseigneur, ce n'est là que respon-
dre;
Mais ce n'est pas venir.

ORDVONO.

Hé bien que voulez-vous?

D. BLAIZE.

Sortir.

ORDVGNO.

Sortir si tard, c'est à faire à des fous.

D. BLAIZE.

Parle pour toy crocan. Sçais-tu bien ce qu'engendre
L'indulgence d'vn Maistre au valet bon à pendre?
Certaines libertez, qui lassent à la fin,
Et qui font tost ou tard qu'on le traitte en faquin:
Va querir mon espée, & prends aussi la tienne,
Et lanterne, & poignard.

ORDVGNO.

Faut-il que Merlin vienne?
DOM

D. BLAIZE.

Non. Qu'on m'ouure, aussi-tost qu'on m'entendra
   siffler,   *il sort.*
Ie reuiens à l'instant.

MERLIN.
                    Où veut-il donc aller
si tard?

D. SA'NCHE.
         Tu le sçauras deuant que la nuit passe,
D'où viens-tu toy?

MERLIN.
                  Ie viens de perdre à tope & masse
Vn petit diamant, dont m'auoit fait regal
La belle Stefanie honneur de Portugal:
Il n'en est pas au monde vne plus folle qu'elle,
Ie la viens de trouuer auecque sa Sequelle,
C'est à dire Louize, & son Oliuares,
Assiegeant ce logis, & de loin & de prés.
Elle, ou quelqu'vn des siens, n'en quitte pas la porte
Guignant les gens au nez, soit qu'on entre ou qu'on
   sorte.
Dans ses mains par malheur ie suis tantost tombé.
Et sous ses questions i'ay quasi succombé:
Elle m'a fait sur vous mille & mille demandes,
Quand elle m'auroit fait autant de reprimandes,
Ie croi sur mon honneur, qu'elle m'eust moins
   pezé,
Quelqu'vn d'ans son esprit vous a demarquizé,
Ie l'en trouue pour vous vn peu moins échauffée,
Et mesme ie la tien de Dom Blaize coeffée,
Et que c'est pour luy seul qu'elle bat le paué.

D. SANCHE.
Ie voudrois de bon cœur qu'elle l'eust enleué.

MERLIN.
Le Marquizat sans doute a donné dans son tendre,
Vn Marquizat aussi n'est pas mauuais à prendre.

D. SANCHE.
Pleust à Dieu que ses yeux fissent vn mesme effect

Sur ce cher frere aisné , qui seroit bien son fait,
Et que d'elle amoureux, il me cedast mon ange.
MERLIN.
Qui ne pleureroit pas peut-estre d'vn tel change?
Mais songez vous encore à la prise d'vn cœur
Si regulierement retranché dans l'honneur,
Vn cœur, qu'on peut nommer la plus dure des ro-
  ches,
Qui ne veut pas souffrir seulement des approches.
Vous m'allez alleguer ses yeux astres iumeaux,
D'accord; mais c'est tirer vostre poudre aux moi-
  neaux.
D. SANCHE.
A peine croiras-tu Merlin! par quelle voye,
Vn espoir surprenant ressuscite ma ioye.
MERLIN.
Dittes-la, vous verrez si ie la crois ou non.
D. SANCHE.
Aussi ialoux que fou, mon frere tout de bon,
Veut que....mais quelqu'vn vient; ie te diray le
  reste
Tantost.

❦❦❦❦❦❦❦❦❦❦❦❦

SCENE III.

LIZETTE, DOM SANCHE,
MERLIN.

LIZETTE.

Mon cher Monsieur , nostre Maistresse
  peste

D'vne étrange façon contre vous.
D. SANCHE.
Et pourquoy?
LIZETTE.
Que sçait elle? elle peste encor plus contre moy.
Mais si prés du Marquis vous estes bien tranquille,
Que fait-il donc? dort-il?
D. SANCHE.
Le Marquis est en ville
A l'heure que ie parle.
LIZETTE.
Et qu'y fait-il si tard,
Cet ennemy commun?
D. SANCHE.
C'est vne affaire à part.
Vous sçaurez seulement, que Dom Blaize, & Dom Sanche
Sont fort bien, Que ne suis-je aussi bien auec Blan-
che?
LIZETTE.
Si vous estiez sorty, vous y seriez fort bien.
Iamais esprit ne fut moins ferme que le sien.
O le sot animal qu'vne fille timide!
A force de pleurer, elle a la teste vuide:
Mais lors que la pauurette a sçeu qui vous estiez
D'aize elle m'a baisée, & fait cent amitiez.
D. SANCHE.
Sçait-elle que ie suis le deplorable frere
Du trop heureux Marquis?
LIZETTE.
Elle se desespere
De n'auoir pas le choix de Dom Blaize, & de
vous,
Et de se voir reduitte à prendre vn tel Espoux,
D. SANCHE.
on siffle.
Merlin! on a sifflé, C'est mon frere, va viste
Ouurir la porte,

LIZETTE.
Et moy ie regaigne mon giste.

D. SANCHE.
Ne m'abandonnez pas au besoin.

LIZETTE.
Ie feray
Des merueilles pour vous, ou bien i'y periray:
Parce que ie crois faire vne œuure charitable,
En faisant reussir vne amitié sortable;
Outre que i'ay pour vous autan d'affection
elle sort.
Que i'ay pour le Marquis de iuste auersion.

SCENE IV.

DOM BLAIZE, D. SANCHE, MERLIN, ORDVGNO.

DOM BLAIZE.

ORdugno!

ORDVGNO.
Monseigneur?

D. BLAIZE.
Que ie perisse infame,
Si ie prend dans Madrid belle ny laide femme.
Comment! vn estranger y paroist-il, soudain
Les femmes du Païs le courent comme vn Daim,
Mon frere, iustement au sortir de la porte,
Deux Dames de qui l'vne à l'autre sert d'escorte,

Et certain Quinola qui sert à la mener,
Comme vn lievre gisté me sont venu tourner,
Et celle qui des deux m'a paru la Maistresse,
D'vne demarche fiere, & d'vn air de Princesse,
M'est venu sottement, soit pour mal, soit pour
  bien,
Regarder sous le nez, & m'a caché le sien.
I'ay cru cette action d'abord vne passade,
Et l'inutile effect d'vne folle boutade:
Mais Maistresse, suiuante, & le vieil Escuyer,
N'ont point abandonné leur pretendu gibier :
Ils m'ont depuis ceans iusqu'à l'hostellerie
Tousiours enuisagé de la mesme furie:
La Dame cheminant tantost à mon costé,
Tantost me deuançant d'vn pas precipité,
Et tantost se faisant par moy laisser derriere.
Le retour s'est passé de la mesme maniere:
Là dessus i'ay sifflé, vous m'auez fait ouurir.
La Dame que mes yeux font sans doute mourir,
(Et ce n'est pas icy le premier de leurs crimes,
Ils ont bien fait tomber ailleurs d'autres victi-
  mes)
M'a fait comme i'entrois entendre vn grand soû-
  pir,
Tres infaillible effect d'vn amoureux desir,
Et de là ie conclus, que ie serois peu sage,
Si i'allois dans Madrid me ioindre en mariage,
Où d'abord que i'arriue, on me court nuit & iour,
Où l'homme est le cruel ; la femme y fait l'a-
  mour,
Où l'on obsede vn homme au milieu d'vne ruë,
Où l'on peut estre pris par vne malotruë.
Et que seroit-ce donc, si seiournant icy,
Quelqu'autre chaque iour m'entreprenoit ainsi,
Quoy ! si ie me trouuois au milieu de cent d'elles,
Et qu'estant conuoité de ces cent Demoiselles,
Mon corps de cent costez fust à la fois tiré,
Dom Blaize en cent morceaux se verroit dechiré?

Ordugno!noftre nopce,ou ie me trompe , eft faitte,
Ie veux dés le matin déloger fans trompette,

ORDVGNO.

Et tous vos beaux habits?

D· BLAIZE.

Nous nous en feruirõs.

ORDVGNO.

Et ceux de voftre train?

D. BLAIZE.

Nous nous en defferons.

ORDVGNO.

On ne fe deffait pas de tels habits fans perte.

D. BLAIZE.

Veux-tu que ie me iette en vne foffe ouuerte?
Et qu'eftant marié, ie fois encornaillé?
Mais d'vn bien plus grand foin ie me fens tra-
    uaillé,
Il faudra que ie trouue vne excufe valable
A Dom Cofme, vn vieillard d'vne humeur detefta-
    ble.
Vn bourreau d'efprit doux,qui vous accorde tout,
Et vous fait compliment en vous pouffant à bout;
Qui ne manquera pas de loüer ma prudence;
Qui dira, quoy qu'il perde en ma chere alliance,
Qu'il rompra mon himen tout comme il me plaira;
Et dans le mefme temps qu'il me le promettra,
Le mal-heureux qu'il eft, quoy que ie puiffe faire,
Malgré mes dents & moy fe fera mon beaupere.
Mortel, eut-il iamais vn embarras pareil;
Mais la nuit là deffus nous donnera confeil,
Vous ne laifferez pas de toute voftre adreffe,
De dire des douceurs à ma ieune Maiftreffe.
A propos nous aurions befoin d'vne clarté,
Pour bien voir fon portrait que i'auois apporté.
Mais la Lune eft fort claire,approchons la feneftre,
Icy comme en plain iour il ne fçauroit paroiftre,
Mais...

STEFANIE. *qui est dans la ruë, passant la main à la feneftre de la falle baffe & arrachant le portrait, dit.*

Donne.

D. BLAIZE.
Hay! bon Dieu comme on me l'a rauy:
C'eft le mefme dragon qui m'a tantoft fuiuy.

D. SANCHE.
Qu'auez-vous?

D. BLAIZE.
Ce que i'ay? la demande eft plaifante!
Et n'auez-vous pas veu l'action violente
Que l'on me vient de faire , & comme on m'a grippé
Mon portrait de la ruë, aprés m'auoir frappé?

D. SANCHE.
Vous me furprenez fort.

D. BLAIZE.
Ha par ma foy c'eft elle,

D. SANCHE.
Et qui?

D. BLAIZE.
La mefme Dame auecque fa Sequelle,
Qui me couroit tantoft. Pefte! qu'elle m'a fait
Vne grande écorcheure en prenant mon portrait:

D. SANCHE.
On peut aller aprés.

D. BLAIZE.
Ma foy, la larronneffe,
En viteffe de pieds furpaffe vne Tygreffe,
Auffi-bien qu'vn portrait, on y perdroit fes pas,
Encore vn coup icy l'on ne m'attrappe pas:
Mais allons nous coucher. A propos noftre frere
Coucher auec quelqu'vn n'eft pas mon ordinaire,
Paffe pour vne fois. O Dom Cofme! ô Madrid!
O maudit mariage! ô Marquis fans efprit!
il fort.

D. SANCHE.

O Deſtin! ô amour! ô toute aymable Blanche!
Pourrez-vous rendre heureux vn autre que Dom
Sanche! *il ſort.*

MERLIN.

O Dom Blaize! ô Dom Sanche! ô cher couple de
fous!
Que le pauure Merlin va ſouffrir auec vous.
il ſort.

ORDVGNO.

O cher amy Merlin! que les fievres quartaines,
Puiſſent ſerrer bien fort ces deux teſtes mal ſaines;

Fin du troiſiéme Acte.

ACTE IV.

ACTE IV.

SCENE PREMIERE.

BLANCHE, LIZETTE.

BLANCHE.

IL ne ſçauoit donc pas mon futur Himenée,
Et qu'à ſon frere aiſné l'on m'auoit deſtinée?

LIZETTE.

Il ne le ſçauoit pas : vous n'auriez iamais cru
Quelle fut ſa douleur auſſi-toſt qu'il l'a ſçeu.
Si vous euſſiez oüy ſes amoureuſes plaintes,
Voſtre cœur en euſt eu de ſenſibles atteintes.
Iamais vn malheureux au fort de ſon tourment,
N'a maudit ſon deſtin plus pitoyablement.
Ie n'ay pas pour autruy le cœur autrement tendre:
Mais quand ie ſonge en luy, ie ſeas le mien ſe fen-
dre.
Son frere eſt bien-heureux.

BLANCHE.

Son frere eſt ce qu'il eſt,
Puis qu'il eſt approuué de mon Pere, il me plaiſt,
Mais i'entens vn caroſſe,

B

LIZETTE *regarde par la feneſtre*
de la ſalle.
Il eſt vray, qui s'arreſte
Chez nous.
BLANCHE.
Eſt-ce pour moy?
LIZETTE.
Feignez vn mal de teſte,
Si ce ſont des fâcheux : ie vay les receuoir,
Et vous iray querir ſi ce ſont gens à voir.
Blanche ſort.
à part. Cette Madame icy viendroit-elle à la nopce?

SCENE II.

STEFANIE, OLIVARES,
LOVIZE. LIZETTE. BLANCHE.

STEFANIE.

Oliuares!
OLIVARES.
Madame?
STEFANIE.
Enuoyez le caroſſe.
Pourrois-ie dire vn mot à Blanche de Vargas?
LIZETTE. *elle ſort.*
Ie m'en vay l'aduertir de deſcendre icy bas.
STEFANIE.
Il eſtoit de mon train, & de ma bonne mine,
De ne pas faire icy ma viſite en gredine;

Quelque mauuais que soit vn carosse emprunté,
Il nous donne tousiours beaucoup d'authorité.

OLIVARES.

Mais quel noble dessein 'allez vous entreprendre?

STEFANIE.

Digne de mon esprit.

OLIVARES.

I'ay peine à le comprendre.

STEFANIE.

Tu me verras Marquize, ou bién ie periray.

OLIVARES.

Ma foy, vous le serez comme ie voleray.

STEFANIE.

N'ay-ie pas plaisamment attrapé la peinture,
L'aymable marmouzet de l'Espouse future?

OLIVARES.

Quel bien vous viendra-t'il d'auoir pris vn portrait?

STEFANIE.

I'en auray du plaisir.

OLIVARES.

I'en auray du cotret,

STEFANIE.

Homme de peu de foy!

OLIVARES.

Sans beaucoup d'apparence,
Ie ne me flatte point d'vne vaine esperance.

STEFANIE.

Et ie m'en flatte moy: Mais n'as-tu pû sçauoir
Où le Marquis alloit si viste hier au soir?

OLIVARES.

I'ay fait ce que i'ay pû pour le pouuoir apprendre,

STEFANIE.

Il fut couru des mieux.

OLIVARES.

Courir, çe n'est pas prendre,

SCENE III.

LIZETTE, STEFANIE, BLAN-
CHE, OLIVARES, LOVIZE.

LIZETTE.

MAdame va venir dans vn petit moment.
STEFANIE.
N'aurois-ie point troublé son diuertissement?
Ne luy ferois-ie point de visite importune?
Mais ie la vois venir : sa beauté non commune
Est encore au dessus du grand bruit qu'on en fait,
Et pour tout dire enfin, efface son portrait.
Madame, trouuez bon deuant que vous rien dire,
Que ie vous considere, & que ie vous admire.
Ie n'ay iamais rien veu de si charmant que vous.

BLANCHE.
Ie n'attendois pas moins d'vn visage si doux,
Que des ciuilitez & des caiolleries.

STEFANIE.
Qui ne vous en feroit?

BLANCHE.
        Treve de railleries.

STEFANIE.
Ie rends ce que ie dois à ce que vous valez.

BLANCHE.
Apprenez-moy plustost ce que vous me voulez?
De vous pouuoir seruir ie me tiendrois heureuse,

STEFANIE. *à sa Suiuante.*

Louize! qu'en dis-tu?

LOVIZE.

I'en serois amoureuse.

STEFANIE.

Et dé-ja ie la suis, & i'en hay doublement
Le méchant qui la veut, tromper si lâchement,

LOVIZE.

Comment peut-il tromper cette belle personne?

STEFANIE.

Comment me trompe-t'il?

BLANCHE.

Ce langage m'estonne.

Sçauez-vous qui ie suis?

STEFANIE.

Non, ie ne le sçay pas!
Ce n'est pas vostre nom que Blanche de Vargas?

BLANCHE.

Ie l'auoüe,

STEFANIE.

Et i'ignore aussi qu'on vous marie!
Mais vous, sçauez-vous bien la noire perfidie,
Qu'vn Traistre, qu'vn Marquis Dom Blaize…,.

BLANCHE.

Hà taisez-vous,
Ne venez point icy décrier mon Espoux.

STEFANIE.

Il est donc vostre Espoux?

BLANCHE.

Au moins il le doit estre,

STEFANIE.

Elle me fait pitié Louize!

LOVIZE.

O le grand traistre!

BLANCHE.

Ces discours surprenans, & pleins d'obscuritez,
M'empeschent de respondre à vos ciuilitez.

STEFANIE.

Ie m'expliqueray mieux, quelque mal qu'il m'ar-
    riue;
Mais qu'on ne dife point à perfonne qui viue,
Et fur tout au Marquis, que l'on m'ait veuë icy:
Ce n'eft pas fans raifon que ie vous parle ainfi.
Ie veux bien l'auoüer : il y va de ma vie;
Mais pour auoir le bien de vous auoir feruie,
Ie hazarderois tout, excepté mon honneur.
Vous gaignez à tel point mon eftime, & mon cœur,
Que ie ferois pour vous de mefme ardeur zelée,
Quand dans vos interefts ie ferois moins meflée.

BLANCHE,

Mon eftime & mon cœur ne font pas moins à vous:
Mais fi vos interefts font communs entre nous,
Contentez le defir, que i'ay de les apprendre.

STEFANIE.

I'ay toufiours dans l'efprit que l'on nous peut fur-
    prendre,
Madame encore vn coup, fuis-ie icy feurement;

BLANCHE.

Ne craignez rien Madame, & parlez feulement.

STEFANIE.

Faites-donc s'il vous plaift fortir voftre fuiuante,

BLANCHE.

Ie ne luy cache rien.

STEFANIE.

        Elle eft pourtant feruante,

BLANCHE.

Ouy: mais elle a le don de garder vn fecret.

STEFANIE.

Vous reconnoiffez-bien cet aymable portrait?

BLANCHE.

Et qui vous l'a donné?

STEFANIE.

        C'eft la perfonne mefme
A qui vous auez fait cette faueur extreme,

BLANCHE.

Mais pourquoy le Marquis l'a-t'il mis dans vos mains?

STEFANIE.

Dom Blaize est, en vn mot, le dernier des humains,
Quand vous mariez-vous?

BLANCHE.

Auiourd'huy.

STEFANIE. *à part.*

L'infidelle!

LOVIZE *à Oliuares.*

Il n'est pas dans le monde vne plus fourbe qu'elle.

OLIVARES.

Fourbissime.

STEFANIE.

Et Dom Blaize a signé le contract?

BLANCHE.

Dez long-temps.

STEFANIE.

O bon Dieu! pardonne au scelerat;
Il n'en peut accomplir la principale clause,
Ny vous donner la main.

BLANCHE.

Puisque tout s'y dispose,
Que mon Pere le veut, que i'en ay conuenu;
Et que c'est pour cela que Dom Blaize est venu,
Qui l'en peut empescher?

STEFANIE.

Helas! c'est moy Madame!
Moy qui l'ay fait regner dés long-temps dans mon ame,
Sa qualité, son bien, ses sermens, & ses pleurs,
Son langage flatteur, & ses feintes douleurs,
Ma ieunesse credule, & mon ame trop tendre,
Ma folle vanité trop aisée à surprendre,
Enfin tout ce que peut d'ennemis assembler
La rigueur d'vn destin qui vouloit m'accabler,
Fauorisa si bien les desseins de ce traistre,

Que ie ne puis l'haïr quelque ingrat qu'il puiſſe eſtre,
Qu'il obtint….:mais helas ma rougeur,& mes pleurs
Vous declarent aſſez iuſqu'où vont mes malheurs:
Mais auſſi ,ie vous ſuis encor ſi peu connuë,
Que vous pourriez douter,ſi ie ſuis ingenuë,
Et ſans me faire tort,mettre en doute ma foy,
Si i'eſtois ſans teſmoins qui parlaſſent pour moy,
Deux enfans malheureux d'vn infidelle Pere,
Ioindront leur foible voix à celle de leur Mere,
Et ces deux innocens auront bien le credit
De vous perſuader tout ce qu'elle vous dit.
BLANCHE.
Si mon cœur vous pouuoit auſſi bien que ma bou-
    che,
Teſmoigner à quel point voſtre malheur me tou-
    che,
Vous ne douteriez point de la iuſte douleur,
Que me fait reſſentir voſtre cruel malheur.
LIZETTE *entre toute effrayée,*
Tout eſt perdu.
BLANCHE.
Quoy donc ?
LIZETTE.
      Ils vont venir Madame,
BLANCHE.
Qui ?

LIZETTE.
Dom Blaize, & Dom Coſme,
STEFANIE.
      O mal-heureuſe femme!
Et que feray-ie donc en cet accablement?
LIZETTE.
Vous pouuez vous cacher en ſon appartement?
La clef tient à la porte.
BANCHE.
      Ouure viſte,Lizette,
LIZETTE.
Sauuez-vous viſtement Dame,Eſcuyer,Soubrette!

Et vous deffendez bien si l'on vous veut forcer.

＊＊＊＊＊＊＊＊＊

SCENE IV.

D. BLAIZE, DOM COSME
D. Sanche, Blanche, Lizette,
Merlin, Ordvgno.

D. BLAIZE.

ET ie soûtien encor qu'il ne faut rien presser,
DOM COSME·
Et ie soûtien aussi qu'vne semblable affaire
Se hazarde beaucoup, alors qu'on la differe.
D. BLAIZE.
Et moy ie resoûtien qu'on ne hazarde rien,
Quand on differe vn peu ce qu'on retrouue bien?
Si les grands de la Cour n'estoient pas à ma nopcé,
Si i'allois emprunter, ou loüer vn carosse,
Pour aller à l'Eglise, au lieu d'en auoir vn
En propre, & d'vn ouurage au delà du commun;
Si Blanche en pareil iour estoit si mal en ordre,
Que le moindre bourgeois y pût trouuer à mordre;
Enfin si i'épousois vostre fille en gredin,
Ne me croiroit-on pas vn fou, vous vn badin?
Ne passerois-ie pas, ô trop hasté Dom Cosme!
Pour le plus grand vilain qui soit dans le Royaume,
Ne serois-ie pas fat, & mesme plus que vous?
(Cecy soit dit pourtant sans vous mettre en cour-
  roux)
Si ie ne rendois pas celebre la iournée
Qui se pourra vanter de mon noble Hymenée.

Ie veux que bals, feſtins, muſiques, & Taureaux,
Carrouſels, & combats de barriere aux flambeaux,
Faſſent parler en Cour de ma magnificence:
Ie differeray donc auec voſtre licence.

D. COSME.

Il faut donc differer, ie ne conteſte plus;
Mais bals, feſtins, tournois ſont des frais ſuperflus;
A la cour auiourd'huy, l'on ne s'en picque guiere.
Il n'eſt donc pas beſoin pour cela qu'on differe.

D. BLAIZE.

Cet homme me fera bien-toſt deſeſperer.
Il ne conteſte plus, il veut bien differer,
Et dans le meſme temps qu'il accorde la choſe,
Le drole la refuſe, & meſme en dit la cauſe.

D. COSME.

Ie ne refuſe rien.

D. BLAIZE.

Nous differerons donc?

D. COSME.

Hà non.

D. BLAIZE.

O mal plaiſant vieilliard, s'il en fut onc?
Voulez-vous differer ou non?

D. COSME,

Ie ne veux faire
Que ce que vous voudrez.

D. BLAIZE.

Hé bien donc qu'on differe?

D. COSME.

Mais ſi nous differons, qu'eſt-ce que l'on dira?

D. BLAIZE.

Rien, ſauf, hormis, ſinon, que l'on differera?
Ie veux abſolument differer l'himenée,
Deuſſiez-vous enrager en voſtre ame obſtinée?

D. COSME.

Ie ne puis differer.

D. BLAIZE.

Et pour moy, ie le puis.

D .COSME.
Ie ne puis differer.

D, BLAIZE.
Eftant ce que ie fuis
il faut que ie differe,& i'en ay dit la caufe.

D. COSME.
Ie ne puis differer.

D. BLAIZE.
Hà parlons d'autre chofe,
Ou nous nous brouillerons.

D. COSME.
Ie ne puis differer.

D· BLAIZE.
Meffieurs! fur mon honneur,il le faut feparer.
Ne voyez-vous pas bien qu'il n'eft dé-ja pas fage?
Et que fera-ce donc,fi iamais il enrage?

BLANCHE tout bas à fon Pere.
On peut bien differer les nopces pour vn temps,
I'ay receu là-deffus des auis importans.

D. COSME,
Ie ne puis differer.

D. BLAIZE.
Quel deteftable flegme?
Hà dites-moy pluftoft quelque vieil apophthegme;
De ceux dont vous m'auez tantoft affaffiné.

D. COSME.
Ie ne puis differer.

D. BLAIZE.
Maudit foit l'obftiné.

D. SANCHE.
Puis qu'il vous preffe tant, c'eft vn fort mauuais
figne.

D· BLAIZE.
C'en eft vn tres-certain qu'il eft vn fourbe infigne;
Mais allons faire vn tour,pour rafraichir vn peu
Mes efprits échauffez,& mon vifage en feu.

BLANCHE.
Ce n'eft pas fans raifon que ie vous dis, mon Pere,

Que vous deuez auſſi ſouhaitter qu'on differe.
Ie ſçay que le Marquis ayme depuis deux ans,
Vne Dame, & de plus qu'il en a deux enfans.

D. COSME.

Tous les gens comme luy n'en font-ils pas de
   meſme?
Eſtant en Portugal, par vn bon-heur extreme,
Ie pus gagner le cœur d'vne ieune beauté,
Aymable pour l'eſprit, riche, & de qualité.
Ie déguiſois mon nom, à cauſe qu'en Caſtille
I'auois l'inimitié de toute vne famille,
Pour auoir fait perir à mes pieds vn Riual,
Dont la mort me retint deux ans en Portugal.
Cette belle auoit nom Eluire de Pacheque,
Moy, i'auois pris celuy de Dom Iuan Palomeque,
Nous nous aymions tous deux auecque paſſion,
Mais ayant obtenu mon abolition,
Ie ſortis de Liſbonne, & reuins en Caſtille,
Laiſſant Eluire en pleurs, & groſſe d'vne fille,
Ie deuois retourner l'épouzer; mais la Cour
Bannit de mon eſprit Eluire & mon amour.
A quelque temps de là, i'épouzay voſtre Mere,

STEFANIE cachée.

Dans la relation que ie vien d'oüir faire,
Ie trouue aſſeurement l'infaillible moyen,
D'obtenir ſi ie veux, & D. Blaize, & ſon bien,

D. COSME.

Le voicy qui reuient,

SCENE V.

D. BLAIZE, DOM SANCHE, ORDVGNO, D. COSME, BLANCHE.

D. BLAIZE.

IE vous croiray, Dom Sanche?
Mais allez de ce pas parler d'amour à Blanche
I'entretien cependant cet ennuyeux vieillard.
Dom Cosme! pourroit-on vous parler à l'escart?

D. COSME.

Ie suis à vous.

D. BLAIZE.

Hé bien! nostre aymable beau-pere?
Consentez-vous enfin que l'himen se differe?
Ou m'entendray-ie encor l'oreille penetrer
Par cet impertinent, ie ne puis differer?

D. COSME.

Ie n'eusse pas vsé de paroles pareilles,
Pour peu que i'eusse cru vous blesser les oreilles.
Ie ne feray iamais que ce que vous voudrez,

D. BLAIZE.

O que les hommes doux sont souples, & madrez!

D. COSME.

Mais Monsieur, vous disiez tantost, ou ie me trôpe,
Que vous haissiez fort le vain luxe, & la pompe,
Et ce qui peut passer pour superfluité:
A quelque bourgeois riche, & né sans qualité,

On pourroit pardonner vne folle defpence:
Mais elle elle eſt condamnée en l'homme de naiſ-
    ſance.

D. BLAIZE. à part.

Ce qu'il me vient de dire, a quelque fondement.

D. SANCHE. à l'autre bout du Theatre.

Ie ne puis plus tenir contre tant de tourment.
Ou vous ſerez bien-toſt de mes larmes fléchie,
Ou bien-toſt voſtre orgueil verra finir ma vie.

BLANCHE.

Eſtes-vous furieux, Dom Sanche, & croyez vous,
Que ie puiſſe long-temps retenir mon courroux?

D. SANCHE.

Ne la retenez point cette iuſte colere,
Perdez vn miſerable; aymez ſon heureux frere.
Auancez mon trépas par vos dedains cruels,
I'en ſortiray pluſtoſt de mes maux eternels.

D. BLAIZE.

Mon frere! à mon ſecours, il me tourne, il me vire,
Il me fait enrager, & ne fait que ſoûrire.

STEFANIE cachée.

Le frere aiſné m'eſchappe, & le cadet trompeur
De mon eſprit ialoux augmente la fureur.
Louize! Oliuares ! eſcoutez......

D. BLAIZE.

O Dom Coſme!

Dans Madrid, ou pluſtoſt dans tout ce grand Royau-
    me.
Trouuez-vous quelquefois quelqu'vn fait comme
    vous?
Croyez-vous que la paix ſoit long-temps entre
    nous?
Moy chaud comme le feu, vous froid comme la
    glace,
Et quoy que l'on vous diſe, & quoy que l'on vous
    faſſe,
Vous allez touſiours droit où vous voulez aller:
Vous me déplaiſez fort, ie vous veux quereller,

Et vous m'aſſaſſinez à force de me plaire,
Il n'eſt pas dans le monde vn plus parfait beau-pere.
Mais que voi-ie?

STEFANIE. *ſort auec Louiz̧e toutes deux
voilées, & Oliuares la mine
la teſte cachée dans ſon man-
teau & elles ſe détournent pour
choquer D. Blaiz̧e.*

Mes yeux ont veu ſa trahiſon;
Mais ie ſçay le moyen d'en auoir la raiſon.
Eloignons ce méchant.

D. COSME.

Et quelles gens peut-ce eſtre,
Qui ſe cachent chez moy ſans ſe faire connoiſtre!

D. BLAIZE.

Quel eſcadron en deuil vient me choquer icy?
Pourquoy diable, à moy ſeul s'addreſſe-t'il ainſi?
Cognoiſſez-vous quelqu'vn de cette noire bande,
Dites-le moy D. Coſme?

D. COSME.

Et ie vous le demande.
Qui le ſçait mieux que vous?

D. BLAIZE.

Ie n'en ſçay rien ma foy;
Ie les ay d'abord pris pour les gens d'vn conuoy.

BLANCHE. *tout bas à ſon Pere.*
Monſieur, c'eſt cette Dame, Eſpouze de D. Blaize,
Dont il a des enfans.

D. COSME.

Il en vſe à ſon aiſe;
Ie n'ay iamais eſté choqué ſi rudement,
I'en ſuis quaſi tombé par terre lourdement.

D. COSME *tout bas à ſa fille.*
Mais le ſçauez-vous bien?

BLANCHE.

Ouy Monſieur, c'eſt la meſme;

D. COSME.

Hà! c'eſt nous mépriſer d'vne inſolence extreme,

Ie me plains iuſtement de voſtre procedé,
D. ɓlaize.

D. BLAIZE.

Et parblu bon, ie ſuis reprimandé,
Ie n'euſſe iamais cru qu'vn doux à triple étage,
De ſe mettre en colere euſt iamais le courage.

D. COSME.

Il n'entre point chez moy de ſemblable gibbier,
C'eſt me faire vne offence, & c'eſt me décrier.

D. BLAIZE.

Mais que ie ſçache donc, D. Coſme, ie vous prie,
Et ce qui vous offence, & ce qui me décrie?

D. COSME.

Vous manquez de reſpect à ma fille.

D. BLAIZE.

Eſtes-vous
Par fois capricieux, vous autres eſprits doux?

BLANCHE.

Mon Pere a grand ſuj et de trouuer fort étrange.

D. BLAIZE.

Quand eſt du temps preſent, vous vous tairez, bel
  ange!
Et quand eſt du futur, bel ange, vous ſçaurez
Que vous me plairez fort, lors que vous vous tairez?
Mais enfin, ſçachons donc ce que vous voulez dire?

D. COSME.

Que lors que vous aurez vn legitime empire
Sur ɓlanche, qu'elle aura bien ſouuent à ſouffrir
De pareils déplaiſirs.

D. BLAIZE.

Que ie puiſſe mourir,
Si D. Coſme ne croit que i'ay fait en cachette
Entrer dans ſa maiſon quelque amitié ſecrette,
Mon frere allez aprés.

D. SANCHE.

I'y cours.

D. BLAIZE.

Mais à grand pas?

D. SANCHE.

D. SANCHE. *à part.*
O. Amour ! si l'himen par là ne se fait pas.

D. BLAIZE.
Allez donc: qu'auez-vous à regarder les nuës.
Quand des cornes seroient à mes temples venuës,
Ie n'aurois pas esté dauantage estonné:
C'est quelque Dame à qui i'ay de l'amour donné,
Ordugno!

ORDVGNO.
Monseigneur ?

D. BLAIZE.
En sçais tu quelque chose?

ORDVGNO.
Rien du tout.

D. BLAIZE.
Auois tu tenu ma chambre close?

ORDVGNO.
A double tour.

D. BLAIZE.
Ma foy ie n'y connois donc rien.
Vous vous coulez, D. Cosme, allez vous faites bien;

D. Cosme & Blanche sortent.

Et vous astre d'amour qui suiuez vostre Pere,
Empeschez l'esprit doux de se mettre en colere,
Ordugno!

ORDVGNO.
Monseigneur ?

D. BLAIZE.
Il faut asseurement,
Que le Ciel m'ait donné de ses biens largement.
O les rares talens que ie laisse destruire!
Ie n'ay pas plustost fait mon merite reluire
Dans Madrid, & i'y suis, à grand peine arriué
Qu'on m'y court, que i'y suis peu s'en faut enleué.
Il n'est ma foy rien tel que d'estre né bel homme,
I'eusse voulu donner vne notable somme;

E

Afin que mon himen pour vn temps fuſt remis;
Mais ſans ces gens maſquez ſans doute mes amis,
Ie n'euſſe iamais pû differer l'himenée
Auec vn tel vieillard, de qui l'ame obſtinée
N'euſt iamais demordu de ſon premier projet,
Et quoy que i'euſſe dit, & quoy que i'euſſe fait.
Allons voir là deſſus ce qu'aura fait mon frere,
Encore vn coup, beauté, que tu m'es ſalutaire!

Fin du quatriéme Acte.

ACTE V.

SCENE PREMIERE.

DOM SANCHE, MERLIN,

D. SANCHE.

TOvt eft perdu pour moy, puifque Blanche
    eft perduë,
Ne m'en parle donc plus, ma mort eft re-
foluë.

MERLIN.

Quand vous parlez de mort, parlez-vous tout de
    bon?
Si i'eftois, comme vous, beau comme Cupidon;
Si i'auois, comme vous, vn fatyre pour frere;
Si i'auois, comme vous, des qualitez à plaire;
Si Blanche, comme à vous, me faifoit les doux yeux;
Si l'amour, comme vous, me rendoit furieux,
Ie pousferois ma pointe, il n'eft frere qui tienne,
Tant que ie verrois Blanche en efpoir d'eftre
    mienne,
Et lorfque ie verrois la belle en d'autres bras,
I'en ferois bien fâché; mais ie n'en mourrois pas.

D. SANCHE.

Ie suis ce que tu dis: mon frere est méprisable;
Mais mon frere est heureux, & ie suis miserable,
Et pour faire fortune en l'empire amoureux,
Il faut est.e à la fois aymable, & bien-heureux.
Blanche m'a foudroyé des traits de sa colere;
Blanche sera bien-tost dans les bras de mon frere?
Quand d'vn bien d'où depend nostre felicité,
Par haine, ou par mépris l'espoir nous est osté,
Les timides conseils ne font plus bons à suiure,
Qui n'a pû plaire à *Blanche*, est indigne de viure.
Contentons sa rigueur, & deliurons ses yeux
D'vn Esclaue inutile aussi-bien qu'odieux.

MERLIN.

Mais Monsieur, sauf l'honneur de vostre noble en-
uie,
Sçauez-vous ce que c'est que de perdre la vie?
Il n'est rien tel que viure.

D. SANCHE.

Il n'est rien tel pour toy?
Mais la vie est à charge aux amans comme à moy,
Que l'amour n'a flatré d'vne vaine esperance,
N'a trompé par l'éclat d'vne belle apparence,
Qu'afin que le penser d'auoir pû viure heureux,
Accrût le desespoir de son cœur amoureux.

D. Blaize paroist au bout du Theatre

Mais ce frere odieux à mon repos funeste,
Ne vient-il pas m'oster le seül bien qui me reste?
Ne vient-il pas encor mon trépas empescher,
Apres m'auoir rauy ce qui me fut plus cher?
Helas! si ie luy dis que *Blanche* est vertueuse,
N'est-ce pas augmenter son ardeur amoureuse?
Si ie luy dis aussi que *Blanche* ne l'est pas,
N'est-ce pas offencer vn Ange plein d'appas?
Et ne sera-ce point par vne action lâche,
A l'honesteté mesme auoir fait vne tache!
Hà! n'offençons iamais cette Diuinité,
Et iusqu'au dernier iour disons la verité,

SCENE II.

DOM BLAIZE, D. SANCHE, ORDVGNO, MERLIN.

DOM BLAIZE.

QVe difiez-vous tout feul mon frere?

D. SANCHE.

                  Que vous eftes
Le plus heureux du monde en tout ce que vous
   faites.
Et que le Ciel vous donne vne chere moitié,
Digne de voftre choix , & de voftre amitié.
Mes plaintes, mes fermens, mes prieres, mes larmes
Contre-elle n'ont efté que d'inutiles armes,
N'ont fait que m'attirer les traits de fon couroux,
Et ie n'efpere pas de l'appaifer fans vous.
Va-t'en m'a-t'elle dit de colere embrafée;
Va-t'en chercher ailleurs vne conquefte aifée;
Va-t'en corrompre ailleurs les innocens efprits,
Et n'attend plus de moy que haine, & que mépris.

D. BLAIZE.

Ne me trompez-vous point mon diffimulé frere?

D. SANCHE.

Enuoyés-la querir de la part de fon pere,
Et vous tenez caché quand elle paffera,
Vous verrez de quel air elle me parlera.

D. BLAIZE.

L'inuention me plaift:ça, ça, que ie me gifte.
Ordugno

ORDVGNO.
Monfeigneur ?
D. BLAIZE.
Va la querir, va vifte,
ORDVGNO   s'en-va.
I'y vai.
D. SANCHE.
Mortel eut-il iamais pire deftin?
D. BLAIZE.
A qui parlez-vous là?
D. SANCHE.
Ie parlois à Merlin,
D. BLAIZE.
Mais s'il arriue auffi que la Donzelle tarde;
Si Lizette hardie autant que babillarde
De difcours fuperflus me la va retenir,
Ie pourray m'ennuyer.
D. SANCHE.
Ie l'apperçoi venir,
Retire-toy Merlin!

***

SCENE III.

BLANCHE, DOM SANCHE,

BLANCHE.

O Dieu ! ie vois Dom Sanche.
D. SANCHE.
Ie vous obeïray, trop inhumaine Blanche!

Vous n'aurez pas pluſtoſt rendu mon frere heureux,
Que i'executeray voſtre arreſt rigoureux:
Oüy, ie contenteray voſtre cruelle enuie,
I'iray loin de vos yeux, les aſtres d ma vie:
Mes veritables Dieux; mais des Dieux ennemis,
Qui me vont tout oſter, & m'auoient tout promis.

D. BLAIZE caché.

Il la preſſe vn peu trop le frippon, & ie gage,
Qu'apres vn autre aſſaut, la Dame n'eſt plus ſage.

B L A N C H E.

Dom Sanche! ô ma vertu que vay ie dire icy?
Qui vous oblige donc à nous quitter ainſi?

D. SANCHE.

Qui le ſçait mieux que vous trop cruelle perſonne!
Qui le peut mieux ſçauoir que celle qui l'ordonne?

B L A N C H E.

Celle dont la rigueur vous afflige ſi fort,
N'a guere moins que vous à ſe plaindre du ſort.
Elle n'empeſche point, que D. Sanche n'eſpere,
Elle le ſçaura bien diſtinguer de ſon frere,
Quand par vn iuſte choix, d'où dépend ſon bon-
    heur,
Sa bouche publiera ce que cache ſon cœur,
Elle veut bien encor qu'il ſçache, qu'vne abſence
Peut nuire à ſes deſſeins beaucoup plus qu'il ne
    penſe,
Nous nous verrons D. Sanche.

D. SANCHE.

                O Dieu! tout eſt perdu.
Blanche m'ayme, & D. Blaize aura tout entendu.

D. BLAIZE ſortant deſa cachette.

Hà, hà petit cadet, vous l'auez debauchée,
Cette ieune beauté de vertu non tachée,
Ce riche don du Ciel, cette chere moitié,
Et digne de mon choix & de mon amitié;
Contre qui vos ſermens, vos prieres, vos larmes
N'ont eſté, diſiez-vous, que d'inutiles armes;
Qui vous a fait ſentir les traits de ſon courroux;

Que vous n'esperez pas de r'appaiser sans nous.
Vous courez donc ainsi sur le marché d'vn frere?
D. SANCHE.
Et ne m'auez-vous pas commandé de le faire?
De luy porter dans l'ame vn sentiment d'amour?
D. BLAIZE.
Et c'est dont ie me plains, Godelureau de Cour!
Ie vous auois bien dit, de luy parler de flame,
A fin de découurir ce qu'elle auoit dans l'ame;
Mais de la coquetter, comme vous l'auez fait,
Hà! c'est vne action d'infidelle cadet.
Ma foy, de la façon qu'il me l'a muguettée,
De la place où i'estois, i'auois l'ame tentée.
Le fripon luy tiroit ses coups à bout portant,
La plus laide Guenon qui m'en diroit autant,
Triompheroit bien-tost de nostre continence,
Ordugno!

ORDVGNO.
Monseigneur?
D. BLAIZE.
       Va-t'en en diligence,
Arrester des cheuaux, & les tien prests sans bruit,
Ie ne veux pas coucher à Madrid cette nuit:
Tâche de me trouuer aussi ce vieil D. Cosme,
L'homme le plus fascheux qui soit dans le Royau-
   me,
Ie luy rend sa parolle, & ie reprend aussi
La mienne, & cela fait, eloignons nous d'icy.
D. SANCHE.
Ie suis bien mal-heureux d'auoir fait pour vous
   plaire,
Ce qu'vn autre que vous ne m'eust iamais fait faire;
Et d'auoir reussy dans mon dessein si mal,
Que vous me soupçonnez d'estre vostre Riual.
D. BLAIZE.
Si vous me dites vray, la chose est pardonnable;
Mais vous l'auez renduë vn peu trop vray-sembla-
   ble.

Car

Car vous la caiolliez de ſi bonne façon,
que la Dame a d'abord mordu dans l'ameçon:
Puis qu'elle eſt ſi facile en pareille matiere,
Et qu'elle eſt en vn mot de coquette maniere,
Nous n'auons qu'à ſonger à des partis meilleurs,
Et D. Coſme n'aura qu'à ſe pouruoir ailleurs.
Ie luy donne s'il veut ſigné deuant Notaire,
Que ie luy remets Blanche en faueur de mon frere;
Car quant à l'épouſer ie n'ay pas le loiſir,
Il s'en fâchera ; mais : tel eſt noſtre plaiſir,
Tout le regret que i'ay n'eſt que de mes liuréess
Vn faquin de Tailleur me les a chamarrées,
Comme ſi le galon ne m'auoit rien couté:
Tu me l'as conſeillé, confident euenté!
Et de charger mon train de laquais & de pages,
Mais ie m'en vengeray ſur l'argent de tes gages.
Allons chercher D. Coſme. & cependant, cadet,
Puiſque ie le permets, pouſſez voſtre bidet.
I'ay d'étranges ſoupçons de ce cher petit frere. *à part*
                                    il ſort

D. SANCHE.

Blanche approuue ma flame, & veut bien que i'eſ-
    pere.
Quel plaiſir eſt pareil à celuy d'vn amant
Qui reçoit de ſon Ange vn tel conſentement?
O mon cœur! moderez vos tranſports d'allegreſſe;
Reſeruez-les, mon cœur, aux yeux de ma Deeſſe,
Mais ie la voi venir auec tous ſes appas.
                    Blanche paroiſt.
Vous voulez donc encor differer mon trépas?
Et ſatisfaitte enfin d'vne iniuſte ſouffrance,
Vous me permettez donc d'auoir de l'eſperance,

SCENE IV.

BLANCHE, DOM SANCHE, D. BLAIZE.

BLANCHE.

Ozes-tu bien tenir de semblables discours
A qui te voudroit voir à la fin de tes iours?
Ozes-tu m'esprouuer par de laches atteintes,
Et me choisir encor pour l'obiet de tes feintes?
I'auois d'abord puny, comme tout autre eust fait,
D'vne iuste colere vn amour indiscret;
Mais depuis soupçonnant que tu feignois ta flame,
Pour tenter ma vertu, pour esprouuer mon ame:
Car qui iamais eust cru qu'vn amour criminel,
Eust banny de ton cœur le respect fraternel?
I'ay feint de compatir à ta peine insensée;
I'ay feint que ton amour m'auoit l'ame blessée:
Tes yeux m'ont veu rougir, & m'ont veu soûpirer,
Et ma feinte bonté t'a permis d'esperer;
Mais maintenant ie sçay que ton cœur est capable
Du crime le plus noir & le plus detestable:
Sçache aussi que le mien est aussi vertueux;
Que le tien est ingrat, lache, & presomptueux,
Et quand il deuiendroit d'vn crime susceptible,
Qu'il ne seroit iamais à ton amour sensible.
Sçache qu'il cherira ton frere tendrement,
Et qu'il te haïra tousiours mortellement.
elle s'en va.

D. BLAIZE. *paroift.*

Qu'en dites vous cadet ? Blanche & vous, ce me femble
Quoy qu'aymables tous deux, n'eltes pas bien en-
femble.
Ordugno,

ORDVGNO.
Monfeigneur?

D. BLAIZE.
Et c'eft parler cela;
C'eft comme il faut traitter vn coquet Quinola.
O la Maiftreffe fille! & Porcie, & Lucreffe,
Ne l'ont iamais valué auecque leur prouëffe:
Lucrece auec Tarquin fe donna du bon temps,
Et l'autre fe brula la gorge à contre-temps.
Dieu! qu'elle eft raifonnable & qu'elle eft forte en
bouche,
Celle que ie croyois vne fainte N'ytouche.
Ma foy ie me marie au fon de maint rebec,
Et D. Sanche n'aura qu'à s'en torcher le bec,
Ie veux dez cette nuit auec grande energie,
Ebaucher en draps blancs ma genealogie;
Et cependant cadet, vous ferez là-deflus,
il fort.
Des ftances, ou du moins des regrets fuperflus.

MERLIN *par ironie.*
Que D. Sanche eft heureux! fa Maiftreffe l'adore.

D. SANCHE.
Ce froid boufon vient-il m'importuner encore?
O Blanche! vous aymer, eft-ce vn iufte fuiet
De me defefperer, comme vous auez fait?
Et que puis-ie penfer d'vne fille inconftante?
Qui tantoft rigoureufe, & tantoft obligeante,
Prend en moins d'vn moment deux fentimens di-
uers,
M'éleue fur le thrône, & me met dans les fers.
Hà Lizette!

SCENE V.

LIZETTE, DOM SANCHE.

LIZETTE.

IE sçay ce que vous m'allez dire:
Mais quand bien on auroit d'vn plus cruel martire
Puny voftre malice, & voftre trahifon,
Vous auriez toufiours tort, & Blanche auroit raifon.

D. SANCHE.

Vous m'abandonnez-donc ô fille trop cruelle?

LIZETTE.

I'abandonne vn amant que ie crois infidelle.

D. SANCHE.

Moy Lizette?

LIZETTE.

Ouy vous; car mon beau caualier!
Puis qu'il vous faut conuaincre, oferez vous nier
Que par vn feint amour, vne lache finefse,
Vous n'ayez attenté d'éprouuer ma Maiftrefse;
Elle s'en douta bien, & pour s'en afseurer,
Elle feignit aufsi, vous permit d'efperer;
Dom Sanche y fut trompé ; car l'amour de foy-
    mefme,
Perfuade aifement vn ieune-homme qu'on l'ayme:
Mais il ne fçauoit pas que Blanche l'écoutoit,
Lors qu'au Marquis ialoux iurant il proteftoit

Que c'eſtoit ſeulement à deſſein de luy plaire,
Qu'il s'eſtoit declaré de Blanche tributaire.
Elle le contrefait.
Vous m'auez commandé de feindre,ie feignois;
Mais mon cœur n'eſtoit pas d'accord auec ma voix.
Ce ſont vos meſmes mots,on me les vient d'appren-
dre.

D. SANCHE.

Il eſt vray , ce les ſont : mais voulez-vous m'entendre?

LIZETTE.

De bon cœur.

D. SANCHE.
Si ie croy les auoir offencez
Ces yeux iniuſtement contre moy courroucez;
Que puiſſé-ie à iamais leur eſtre deteſtable,
Si ie ne vous fai pas vn recit veritable,
Et ſi vous n'auoüez que ie n'ay point de tort;
Que puiſſé-ie tomber à vos pieds roide mort.
LIZETTE.
Il faut que Dieu m'ait fait le naturel bien tendre,
Quand ie vois quelque amant qui parle de ſe pendre,
Ou bien de ſe donner vn grand coup de poignard,
C'eſt comme s'il perçoit mon cœur de part en part.
I'ay brûlé comme vn autre , & ſçay combien vaut
l'aune
De cette paſſion qui fait deuenir iaune.
Pour reuenir à vous,ſi vous me faites voir
Que vous n'auez rien fait contre voſtre deuoir,
I'eſpere d'eſtre vtile au bien de vos affaires:
Mais Monſieur,ſi l'amour ayme les temeraires,
Allons tout droit à Blanche, embraſſez ſes genoux,
Pleurez,& ſoûpirez,& laiſſez faire à nous,
Auſſi-bien , il nous faut deguerpir de la place;
Voicy noſtre vieillard.

SCENE VI.

D.COSME, STEFANIE, LOVIZE, OLIVARES.

D. COSME.

I'Ay de voſtre diſgrace
Beaucoup de déplaiſir,& ſuis fort eſtonné,
De l'important auis que vous m'auez donné.
        STEFANIE.
Ie vous apporte icy ſa trompeuſe promeſſe:
Dans l'oubly de moy-meſme , où me met ma tri-
    ſteſſe,
Ie ne m'auiſois pas de vous la faire voir.
        D. COSME.
Donnez.
        LOVIZE *à Oliuares tout bas.*
    C'eſt ce papier que Merlin laiſſa choir,
Le valet de D. Sanche.
        STEFANIE *qui l'entend, luy dit auſſi tout bas.*
                Et c'eſt par là , Louize,
Que tu verras bien-toſt ta Maiſtreſſe Marquize.
        LOVIZE. *Dom Coſme lit.*
Mais ſi l'on va ſçauoir que vous ne ſoyez pas
La fille du vieillard , la machine eſt à bas:
C'eſt à vous d'y penſer.
        STEFANIE.
        Mon Dieu,laiſſe moy faire.

OLIVARES.
Elle va s'attirer quelque mechante affaire,
Et nous faire donner quelques mauuais presens.
D. COSME.
C'est vne lettre escritte en termes fort plaisans.
Il veut qu'elle ait, dit-il, force d'vne promesse,
I'y reconnois sa main par tout, fors dans l'addresse.
Vous vous appellez donc Comtesse d'Alcalca?
STEFANIE.
C'est le nom d'vne ville auprés de Malaca:
Quand le Mars Portugais, Albuquerque en fut
  Maistre,
De cette recompense il daigna reconnaistre
Les seruices rendus par deffunct mon Mary.
Helas! son souuenir m'a le cœur atendry,
Ie ne puis retenir mes pleurs, quand ie le nomme.
D. COSME.
Il faut que le Marquis soit vn tres-mechant hom-
  me,
Ou bien que vous soyez plus mechante que luy:
Quant à sa lettre, elle est pour vous de peu d'appuy,
I'y vois des nullitez qui sont peu receuables.
Vous auez deux Enfans?
STEFANIE.
          Deux petits miserables,
Tous deux des plus iolis, & les viuants portraits
Du Pere.
D. COSME.
      Vous aurez à faire de grands frais
Contre vn homme puissant.
STEFANIE.
          Quoy que pauure estrangere,
Mon Pere fait icy sa demeure ordinaire;
Il ne laissera pas vne fille au besoin:
De luy, iusqu'à ce iour, ie me cache auec soin,
Redoutant son courroux, de ma faute honteuse;
Mais ie sçay bien qu'il a l'ame fort genereuse,

Ie fuis pour vous parler auec fincerité,
Fille d'vn Caftillan homme de qualité:
Il deuint dans Lifbonne amoureux de ma Mere,
Qui n'a point eu depuis nouuelles de mon Pere,

D. COSME.

Homme de qualité?

STEFANIE.

Noble comme le Roy.

D. COSME.

Et s'appelle?

STEFANIE.

Dom Iuan Palomeque.

D. COSME.

Eft-ce moy?

Bons dieux! & voftre Mere?

STEFANIE.

Eluire de Pacheque.

D. COSME.

Hà ma fille! ie fuis ce Dom Iuan Palomeque,
Qui deguifois mon nom dans Lifbonne, ô bon
Dieu !
Que ie reçoi de ioye à vous voir en ce lieu,
Et que ie fuis fâché, de vous voir de la forte:
Mais apprenez moy donc, comment elle fe porte,
Cette aymable beauté, de qui l'œil mon vainqueur,
Malgré l'efloignement, regne encor dans mon cœur,

STEFANIE.

Helas! vn fort cruel me l'a trop toft rauie,
Et depuis, le mal-heur m'a toufiours pourfuiuie,

D. COSME.

Sa perte m'eft fenfible auec iufte raifon;
Mais icy les regrets ne font pas de faifon.
Trauaillons maintenant comme au plus neceffaire,
A vous tirer de peine, auffi-bien que d'affaire.

STEFANIE.

Vous auez dans vos mains mon honneur, & mon
bien,

D. COSME.

Mottez-vous en repos, voftre honneur eft le mien,
Ie ne fuis pas d'auis qu'on vous faffe paraiftre,
Qu'on ne foit éclaircy du deffein de ce traiftre;
Entrez-donc dans ma chambre.

SCENE. VII.

DOM BLAIZE ; ORDVGNO,
D. Cosme, Stefanie, Lovize,
Olivares, &c.

D. BLAIZE.

ORdugno !

O R D V G N O.
Monfeigneur?

D. BLAIZE.

Ie veux abfolument qu'on batte mon tailleur,
Mon habit eft mal fait. Hé bien mon cher beau-pere,
Ie ne fuis plus d'auis que l'himen fe differe.

D. COSME.

Et moy i'en fuis d'auis.

D. BLAIZE,
Cecy feroit plaifant?

D. COSME.

Il eft pourtant ainfi.

D. BLAIZE.
Cet efprit mal faifant
Sçait parfaitement bien faire enrager le monde,

Ciuil beau-pere en qui toute douceur abonde,
Expliquez nous vn peu vos deffeins ambigus!
Vous voulez vne chofe, & ne la voulez plus.
Sçauez-vous, fi l'himen ne fe fait dans vne heure,
Il ne fera pas de fix mois, ou ie meure?

D. COSME.

Si vous difiez iamais, ie vous en croirois mieux.

D. BLAIZE.

I'auois toufiours bien dit que fon grand ferieux
Pourroit degenerer à la fin en folie,
Et ie repete encor qu'il faudra qu'on le lie.

D. COSME.

Dom Blaize il n'eft plus temps de vous rien de-
  guifer,
Vous eftes découuert; c'eft pourquoy fans ruzer,
Acheuez voftre himen auecque Stefanie
Comteffe d'Alcalca.

D. BLAIZE.

              Sa nouuelle manie
Me fait peur, où prend il cet étrange Comté,
Dont le nom fent fi fort fon efprit demonté?

D. COSME.

Ma fille eft voftre femme, elle a voftre promeffe,
Et de plus, deux enfans, de plus elle eft Comteffe.

D. BLAIZE.

Vous eftes fou D. Cofme, & de plus, fou facheux,
Et de plus, incurable, & nous en ferions deux,
Si i'allois me fâcher de vos folies boutades,
Que ie veux deformais receuoir en gambades.
                          il faute.

D. COSME.

Reconnoiffez-vous bien cette efcriture?

D. BLAIZE.

                          Ouy-da:
Mais ie ne connois point la Dame d'Alcalca.
I'efcriuis cette lettre à voftre fille Blanche,
Ie l'auois addreffée à mon frere Dom Sanche,
C'eft toy qui la portas Merlin?

MERLIN.

Ie n'en ſçay rien,
Ie n'ay point de memoire, & vous le ſçauez bien?

D. BLAIZE.

Hà voicy ma Maiſtreſſe, & mon cadet. Mon frere!
Et vous Blanche, venez ſonger à voſtre Pere.

D. COSME *à la porte de la chambre,*
où Stefanie eſt cachée.

Sortez, ſortez, Madame: il n'eſt plus de ſaiſon
De ménager l'eſprit d'vn homme ſans raiſon.

D. BLAIZE.

La Dame eſt aſſez belle.

D. SANCHE.

Et c'eſt la Portugaiſe,
Merlin!

MERLIN.

Sur mon honneur, on en veut à D. Blaize;

D. SANCHE.

Tant mieux amy Merlin!

D. COSME,

Dom Blaize, vous voyez,
Que ie ne ſuis pas fou, comme vous le croyez.
Pouuez-vous bien trahir cet obiet plein de char-
mes?

STEFANIE *pleurant.*

Ie ne puis retenir mes ſanglots & mes larmes,

OLIVARES *pleurant.*

Madame! voulez-vous inceſſamment pleurer?

LOVIZE *pleurant.*

Quel plaiſir prenez-vous à vous deſeſperer?

STEFANIE *pleurant.*

Hà mes amis pleurons vn malheur ſans remede;
Ayons recours aux pleurs, quand la conſtance cede;

D. BLAIZE.

Et qu'eſt-ce qu'elle a donc à s'affliger ainſi?
Et celuy qui la mene, & ſa ſuiuante auſſi.

D. COSME *pleurant.*

Ils me font grand pitié.

D. BLAIZE, *pleurant.*
    S'ils pleurent dauantage,
Il faudra bien auſſi humeƈter ſon viſage.
Peſte ſoit des pleureuſs.
    D. COSME.
     Hà ma fille ! vos pleurs,
Au lieu de vous ſeruir, aigriſſent vos douleurs.
    STEFANIE.
Adorable ennemy ! que ie hay ; que i'adore,
Tes iniuſtes rigueurs durent-elles encore !
    D. BLAIZE.
Belle qui pleurez tant, inconuë à mes yeux,
Voudriez-vous pleurer moins, ou vous expliquer
 mieux ?
  STEFANIE *luy ſautant aux yeux.*
Tu ne me connois pas ingrat ? hà ! tout à l'heure.
Il faut que ie t'étrangle, ou qu'vn de nous deux
 meure.
    D. BLAIZE.
Haye, haye, haye, Ordugno ! mon cher frere ! Merlin
Venez me deliurer de cet eſprit malin.
    STEFANIE.
Perfide ! ſcelerat !
    D. BLAIZE.
     Seigneur en qui i'eſpere !
N'eſtoit-ce pas aſſez de ce maudit beau-pere,
Sans lacher contre moy la Dame d'Angola ?
    STEFANIE.
Di d'Alcalca, mechant, auprés de Malaca.
    D. BLAIZE.
D'Angola, d'Alcalca, Malaca, que m'importe
De bien dire ſon nom, que le Diable m'emporte,
Si ie t'ay iamais veüe, & ſi ie crois iamais
Te voir.
    D. COSME.
   Vous ne pouuez refuſer deſormais,
D'épouſer en public ma fille.

D. BLAIZE.

Ha cher beau-pere!
De bon cœur, Venez donc ma belle.

en s'addraſſant à Blanche.

D. SANCHE.

Non mon frere,
Blanche n'eſt plus à vous , Blanche n'eſt plus qu'à
   moy,
En matiere d'amour nul ne me fait la loy.

D. BLAIZE *à Blanche.*

Et vous y conſentez?

BLANCHE.

Que mon Pere y conſente,
Et ie m'eſtime heureuſe, honorée & contente.

D. BLAIZE,

Et vous Dom Coſme?

D. COSME.

Et moy ie vous diray qu'il faut
Que vous donniez la main à ma fille au pluſtoſt.

D. BLAIZE,

Ie le veux,

D. COSME.

Mais ma fille eſt cette belle Dame
Comteſſe d'Alcalea.

D. BLAIZE.

Grand Dieu que ie reclame,
Eſt-ce pour mes pechez, que ie ſuis à Madrid!

D. COSME.

Mais peut-on conteſter contre ſon propre eſcrit,
Ma fille eſtant bien faitte?

D. BLAIZE.

He diantre! elle eſt trop belle,
Et c'eſt pour cela ſeul que ie ne veux point d'elle,
Mon front ſeroit gaſté s'il deuenoit cornu,
Et ie n'épouſe point de viſage inconnu.
D. Blaize, il faut quitter cette maudite terre,
Où tout le genre humain me declare la guerre

Où l'on voit tant de fous, où l'on force les gens
Au fâcheux ioug d'himen, mesme malgré leurs
"dents.
D. Cosme, pour r'auoir ma maudite promesse,
Et pour n'épouzer pas ta fille, ou ta Comtesse,
Vn dangereux dragon, qui m'a pris au gosier,
Et qui me dérobant certain portrait hier,
M'egratigna les mains(ie reconnois sa taille,)
Et ie gagerois bien, que ce n'est rien qui vaille:
Pour m'en deliurer donc, & partir à l'instant,
Ie veux bien qu'il m'en couste vn peu d'argent con-
    tant.

D. COSME à Stefanie.

Il le faut prendre au mot, vous ne sçauriez mieux
    faire.

D. BLAIZE.

Et pour me deliurer de mon faquin de Frere,
Ie veux le partager, mesme grossir son fait,
Ainsi ie me verray sans femme, & sans cadet.

D. COSME.

Ie veux sçauoir quel bien, vous donnez à D. Sanche,

D. BLAIZE.

Plus que vous n'en donnez à vostre fille Blanche,
Et pour ne vous voir plus, Comtesse d'Alcalca,
Apprenez que i'irois plus loing que Malaca.

Fin du cinquiesme Acte.

9 782019 692